中公文庫

太宰治

井伏鱒二

中央公論新社

目次

I

太宰治

I

太宰治の死

太宰君の家出の報は意外であった。私は衝撃を受けた。しかし、なぜ死んだのか、その真相は私にはわからない。なぜ、あんな形式をとったのか、なぜ、あんな場所を選んだのか。これも私にはわからない。あれこれと想像をめぐらすだけである。新聞記者にたずねられても困るだけであった。これが以前なら、何かにつけ屈託したような場合には、直ぐに太宰君に会って話しあうことにしていたが、もうそれが出来なくなってしまった。やがて彼の作品でも読みなおすよりほかはない。

東京に転入して以来、私は滅多に太宰君に会う機会がなかった。たまに用事で会うときでも、太宰君の傍には二三人の人がいつも誰かついていた。ゆっくり話しあうこともしなかった。今年の元日に来たときにも、彼のあとをしたって二人か三人のお客が来た。転入する前には、私は広島の田舎にいた。お互に、ときたま手紙で健康をたずねあうだけであった。したがって、私と太宰君の交友は、表むきでは竜頭蛇尾に終った感がある。

世間では、太宰君の死を情死だと解している向きもある。いま私は、それを反駁するほどの材料を持たないが、いずれ反駁する必要のないときが来るかもわからない。形の上では情死である。そして彼が、こんなことを言っていたという人もある。「僕は、自分の一ばん軽蔑する死にかたをするつもりだ。」そう云っていたというのである。これは太宰君のアイロニーにしても、その実現を怖れていたためかもわからない。いつか私が河津川へ鮎つりに行っていたとき、太宰君は延び延びにしていた新婚旅行をかねて私のいる宿に来た。そこへ亀井君も鮎つりに来た。その翌日の夜、南伊豆いったいに大洪水があった。ちょうど三宅島の雄山の麓に大噴火のあった夜である。亀井君は二階の部屋に寝ていた。その真下の部屋にいた私は、亀井君の部屋に逃げて行き、離れにいた太宰君夫妻も逃げて来た。水は、二階の廂を沈めた。周章てものの私は、泳いで逃げようと頻りに口走った。亀井君も太宰君も泳げないことを、私はまだ知らなかったからである。亀井君は積み重ねた蒲団にどっかり腰をかけ、しきりに稲光りする大島の方角を睨んでいた。その沈着な態度に私は舌を巻いた。後になってきくと、亀井君は心細さのあまり心のなかで観音経を口ずさんでいたそうである。これを後日における太宰君のアイロニーによると、亀井は腰をぬかしていたというのである。しかし洪水の際は、死ぬか生きるかのわかれめであった。みんな真剣であった。太宰君は奥さんに向かって「人間は死ぬときが大事だ」と云った。その眉宇に決意の色が見えた。彼は新婚旅行のために仕立てた新らしい着物にきかえ、角帯をしめ、きちんと畳の上に坐りなおした。そして奥さんに向かい「後で人に見られても、見苦しくないようにしなさい。着物をきかえなさい」と云いつけたが、「しかし後で人に見られて、たまるものか」と呟いた。これは彼のアイロニーではなく、そのとき決意の際のいつわらない言葉であったろう。

太宰君は自分の家庭のむつまじさを人に見せるのを恥ずかしがる人であった。それが変質的なまでに極端なときがあった。そんなときには例によって譏語を口にした。最近はどんなであったかしらないが、戦争中のころまではその傾向を見せていた。三鷹に空襲のあったとき、太宰君は田中英光と二人で素掘りの防空壕にしゃがんでいて脳貧血を起したが、怪我だけはしなかったそうである。そうして奥さんの疎開している甲府に逃げて行った。そのころ私は甲府市外に疎開していたので、互に往復を重ねたが、太宰君は甲府に逃げ帰って来たときの模様を、こんな風に変型して私に話した。

――甲府へ来る汽車のなかは満員の避難民で鮨づめ。そこへ、立流しを両手で差しあげて、割りこんで来た男があった。板で造った、安物の立流しだ。この男は、みんなの冷笑を浴びながら、困ったような顔をしていた。きっとこの男、口やかましい悪妻から「あなた、立流しを持って来なかったんですか」と威しつけられるので、万難を排して空襲中に持って逃げたものだ。ところが、僕が甲府に逃げて来ると、女房は僕の顔を見るなり「あなた、盥はどうしました。なぜ持って帰らなかったんです」と云った。まさに悪妻だ。

しかし事実はその反対で、太宰君が甲府に逃げ帰ったとき、奥さんは涙をながして喜んだらしい。盥は太宰君ひとり東京に残っている生活には必要がない。彼の疎開していた家には、ちゃんと裏口のところに盥があった。私はそれを目撃した。「ヴィヨンの妻」その他を見て、もし太宰君を誤解する人があるかも知れないので、私は説明の代りに太宰君の文章を左に引用したい。故人生前の家庭に対する願望と誠実味が現われている。この引用の文章は、太宰君が結婚する前に、彼の生家の二人の番頭に婚約成立の応援を求める必要から、私に取次ぎを依頼するためによこしたものである。

井伏様御一家様へ、手記

このたび石原氏と婚約するに当り、一札申し上げます。私は、私自身を、家庭的の男と思っています。よい意味でも、悪い意味でも、私は放浪に堪えられません。誇っているのでは、ございませぬ。ただ、私の迂愚な、交際下手の性格が、宿命として、それを決定しているように思います。この前の不手際は、私としても平気で行ったことでは、ございませぬ。私は、あのときの苦しみ以来、多少、人生というものを知りました。結婚というものの本義を知りました。結婚は、家庭は、努力であると思います。厳粛な、努力であると信じます。浮いた気持はございません。貧しくとも、一生大事に努めます。ふたたび私が、破婚を繰りかえしたときには、私を完全の狂人として、棄てて下さい。以上は、平凡の言葉で、ございますが、私が、このの ち、どんな人の前でも、はっきりと云えることでございますし、また神様の前でも、少しの含羞もなしに誓言できます。何卒、御信頼下さい。

昭和十三年十月二十四日

津島修治（印）

この文言を、私が太宰君の生家の番頭に取次いだ後、婚約はうまくまとまった。そのころ太宰君は、甲府に小さな家を借りて独りで住んでいたが、結婚披露式は私のうちで挙行した。甲州の風儀による披露式であった。御馳走は荻窪の魚与さんという魚屋が、気前を見せて万端うまくやってくれた。津軽からも番頭が来た。東京の番頭も出席し、彼は式場で太宰君に今後の心得を述べた。新婦の姉さん夫婦も出席し、はじめこの縁談の紹介の労をとった斎藤さんの奥さんも出席した。私は大いに酒をのんだ。太宰君は後々まで好んだ紋付羽織をきて仙台平の袴をはき、傍のものたちから何か云われても、常になく正面を向いたまま、かたくなって坐っていた。これは、よほどうまく行きそうだね、と私が津軽の番頭に囁くと、そうでごわすな、と相手も頷いていた。

爾来、太宰君の作家としての成績は、読書人の知っている通りである。遅筆ではあるが全集二十巻にちかい作品を書いた。

私と太宰君との交際は、割合いに古い。はじめ彼は、弘前在住のころ私に手紙をくれた。その手紙の内容は忘れたが、二度目の手紙には五円の為替を封入して、これを受取ってくれと云ってあった。私の貧乏小説を見て、私の貧乏を察し、お小遣のつもりで送ったものと思われた。東京に出て来ると、また手紙をくれた。面会してくれという意味のものであった。私が返事を出しそびれていると、三度目か四度目の手紙で強硬なことを云ってよこした。会ってくれなければ自殺してやるという文面で、私は威かしだけのことだろうと考えたが、万一を警戒してすぐに返事を出し、万世橋の万惣の筋向うにある作品社で会った。彼は短篇を二つ見せたので、私はその批評をする代りに、われわれの小説を真似ないで、外国の古典を専門に読むように助言した。それから暫くたつと私のうちに来て、彼は私に左翼作家になるように勧誘した。私は反対に、左翼作家にならないように彼に勧めた。

間もなく彼は荻窪に移って来て家も近くなったので、それからはたびたび私のうちに遊びに来た。いっしょに散歩したり、いっしょに旅行にも出た。彼は学校を怠けていたらしく、制服をきて朝のうちから来ることもあるし、また夜おそくなってから来ることもあった。当時たびたび会っていながらも、どんなことをお互いに話したか、その印象がはっきりしないのは妙なものである。よく将棋もさした。私と対馬であった。そのころ読売新聞社主催で素人余技の美術展覧会があったので、私は太宰君と拙宅の幼児を写生して「津島君と豚児圭介・ハサミ将棋をするの図」と題する小品その他を出した。その津島君、つまり太宰君を写した絵に、ふと過ちで赤い色のしみがついた。それが運わるく津島君の鼻のあたまのところであった。しかし描きなおすのは面倒である。私は筆のさきで丹念にその色を拭きとったが、幾らかまだ赤みが残り、鼻全体が薄赤くなった。私はモデルに諒解を求め、そのまま出品した。ところが開場して二十分もたたない間に、その絵が売れてしまった。或はよく覚えないが、太宰君が買ったのかもわからない。そのころ彼は容貌を気にしていたので、その絵が他人の手に渡ることを怖れていたと推察できないでもない。後になっても鼻の話になると、鼻を赤く染められたことは恨めしいと云っていた。彼は容貌ばかりでなく、五体の細部にわたって留意を疎かにしないのであった。彼と親交のあった伊馬鵜平君の案内で、五六人づれで四万温泉場へヤマメ釣りに行ったことがある。伊馬君は写真機を持っていた。私と太宰君がお湯につかっていると、いつのまにか伊馬君が写真にとってしまった。現像が出来たのを見ると、お湯から半身を現わしている太宰君の横腹に、盲腸を手術した痕がはっきりと見えた。太宰君は厳しく伊馬君に談じ込んだ。あんな疵《きず》痕を写されて、自分は恥ずかしさで煩悶苦悩の限りである。身体髪膚は父祖よりこれを得たもので、自分はこれを些細でも損じていることを恥じている。あんな写真は後日に残したくない。さっそくあの写真の原板を自分に渡してくれ。焼増しの写真も破いてくれと厳談に及んだ。それが冗談ではなかったので、伊馬君は驚いて原板を太宰君に譲った。こなごなに太宰君の手で砕かれたろう。

太宰君は潔癖な人で、いわゆる女の苦労などしたことがなかった。そして気の弱い一面があった。家庭を外にしたが最後、相手次第では厳寒に富士登山するかもわからない。仏門にはいって参禅に日を送るようになるかもわからない。小説を書くのを止すような運命に身を任かすかもわからない。散々に苦悶の多い青春を送っても、まるで子供のような他愛ないところがあった。しかし体力の尽きはてるまで小説を書くのを忘れなかったのは、私には真似られないことだろうと思っている。

太宰君は小説を書くことが好きであった。パビナール中毒にかかったとき、命がなくなるのではないかと番頭が諫めても、病院にはいってくれと頼んでも頑として入院しようとしなかった。「いま、文芸春秋から原稿の注文がある。改造からも注文がある。それを書きあげてから入院する。入院しろと云って、俺を罪人あつかいにする気か」と云って、そのころまだ両誌からの注文はなかったが、そんなことを云って承諾しなかった。しかし番頭は太宰君の中毒のことを私に秘密にして、三四箇月ばかりこの状態がつづいた。最後に番頭が私にその秘密を打ちあけて、説得役を頼んだので、そのころ船橋に引越していた太宰君のところに出かけて行った。しかし私も云いかねて、その日は将棋をさして太宰宅に泊った。彼は将棋の途中、たびたび立って行って注射している風であった。翌日、番頭が来て目顔でたずねたので、まだ云わないことを目顔で答えると、番頭は歎息をついた。やがて、思いきった風で番頭が「修治さん、どうか入院して下さい。診察だけでも受けて下さい。どうか頼みます」と云った。太宰君は顔色を変え、「入院どころか、小説を書かなくてはいけないいんだ」と云った。ながいあいだ太宰君自身も中毒症のことを私に秘密にして、いま番頭の一言で、私と番頭が打ちあわせて来ていることに太宰君も気がついたわけである。しかも入院してしまうと、注射をすることが出来なくなる。顔色を変えたのは当然である。もはや症状は悪化していた。一日に一本や二本では足りないのである。そのころ私の書きとめた「太宰治に関する日記」という記録に「北氏、船橋の薬屋の請求書を秘かに小生に見せる。パビナールの代金四百円余。但し一箇月分。暗然たるもの胸に迫る。アンプールの空殻は、大家さん世間をはばかり穴を掘っていつも埋めていたる由」と書いている。当時、パビナールは一本三十銭から五十銭ぐらいのものらしかった。一度に三本も四本も注射して、日に何回となく注射していたものである。からだはもう衰弱しきっていた。顔も陰鬱な感じであった。私は太宰に「僕の一生のお願いだから、どうか入院してくれ。命がなくなると、小説が書けなくなるぞ。怖しいことだぞ」と強く云った。すると太宰君は、不意に座を立って隣りの部屋にかくれた。襖の向う側から、しぼり出すような声で啼泣するのがきこえて来た。二人の番頭と私は、息を殺してその声をきいていた。やがて泣き声が止むと、太宰は折りたたんだ毛布を持って現われ、うなだれたまま黙って玄関の方に出て行った。入院することを決心したのである。私たちが太宰君のあとからついて行くと、彼は玄関を出て、番頭がそこに待たしておいた自動車に乗った。みんな無言のうちに自動車に乗り、運転手も行くさきをきかないで車を出した。運転手には番頭が前もって注意を与えていたものだろう。番頭が何も云わないのに、江古田の病院へ行った。その途中、津軽の番頭は日蓮宗のお寺の前を通るたびごとに帽子をとって丁寧に礼拝した。太宰君の無難に入院するのを祈るためである。この番頭は日蓮宗の信者であった。

病院で入院手続の書類に爪印を押すときには、太宰君は何の躊躇もしなかった。私たちは彼に手かせ足かせを嵌めたようなもので、こんなに強引に出て行くと、彼は相手まかせに身を任した。意外なほど反対の素振りを見せなかった。中毒患者の立場とすれば、入院することは地獄に身を投じるのと同じ思いであろう。なぜ抵抗しないのかもどかしいほどであった。太宰を入院させた後で、私はいかにも残酷なことをしたような気持がして、帰りに酒で鬱を散じることにした。私は新宿の樽平で酒を飲んでから帰って来た。

その翌日、改造と新潮から、正月号の小説執筆を依頼する手紙が太宰あてに来た。しかし患者と病院外のものは、患者が退院するまで絶対に連絡できない規則になっている。私は愚妻に両雑誌社へ電話をかけさせた。入院四十日ばかりで太宰は退院して、両誌の原稿を書いたのである。但し、太宰君の麻薬中毒は、盲腸の手術を受けた後、医者が無暗にパントポンの注射をしたためである。番頭は何箇月も前の外科医院の勘定書きを私に見せ、こんなに注射しては中毒するのも当然だと云った。

注射回数はもう覚えないが、私の素人目にも多すぎるように思われた。院長の説明では、絆創膏をはがすとき、太宰がそのつど「痛い痛い、藪医者」と叫ぶので、注射したものだそうである。それにしても、ひどすぎると私たちは話しあった。しかしそれは、太宰君が江古田病院にはいる前のことで、私たちの愚痴にほかならなかった。

太宰君は中毒症状にある間は、なるべく友達を避けるようにつとめていた。住居も荻窪の飛島氏のうちから一そくとびに船橋の独立家屋に移った。無論、飛島氏も中毒のことは知らなかった。直ぐ近所にいた伊馬君も、また中学時代から友人の今官一君も知らなかった。知っていたのは、太宰君に注射器を与えた学生と、薬屋と、大家さんと、いまは亡くなったもう一人の人だけであった。薬屋も後には閉口したそうだが、さきに禁を破って売った手前、そのままずるずると売りつづけて来たものだそうである。最近、東京に転入してからの太宰君は、古い友人たちを避けるようにしているが、今度は中毒症状によるものであったとは思われない。占領治下にある今日では、医者以外に麻薬を手に入れることが出来ないからである。また麻薬を注射している人は、酒や女には見向きもしない傾きがある。今年の一月か二月ころ、私が最後に会ったとき、彼は船橋にいたころのように暗い顔をして、衰弱のしかたもひどいように見えた。しかし前夜は酒をのんだということを知ったので、中毒による衰弱ではないだろうと判断した。

先月、或る出版社の人が私に、太宰君といっしょにどこか静かな山の宿に行く気はないかと云った。一箇月ばかりいっしょにいて、それから私だけ山から降りて来て、あとは出版社のその人が、月に二回ぐらい物資を届けに行く。そういう提案であった。私はそれに賛成したが、まだその人が太宰君に云わない間に今度のような結果になった。もし云ったにしても承知するものではなかったろう。何だかそんなような気持がする。

以上、二十年にわたる交友のあらましを書いた。いま私は、自分のして来たことについて悔いることがないとはいわれない。ことに最近に至って、或は旧知の煩わしさというようなものを、彼に感じさせていたかもわからない。この点、太宰君の死をいたむ心情に、何か拍車をかけるようなものがあるかとも考える。

亡友——鎌滝のころ

太宰治の「富嶽百景」という作品のなかに、私といっしょに三ッ峠にのぼったときのことを書いてある。三ッ峠の頂上で、私が浮かぬ顔をしながら放屁したというのである。これは読物としては風情ありげなことかもしれないが、事実無根である。ところがこの放屁の件について、当時は未知の仲であった新内の竹下康久という人から手紙が来た。「自分は貴下が実際に三ッ峠の嶺に於て放屁されたとは思わない。自分の友人もまたそう云っている。自分は太宰氏の読者として、また貴下の読者として、貴下が太宰氏に厳重取消しを要求されるように切望する。」そういうような手紙であった。

おりから訪ねて来た太宰に私はこの手紙を見せた。

「どうだね、よその人でも、僕が放屁しなかったことを知ってるじゃないか。こんな行きとどいた手紙を書く人は、きっと物ごとに綿密なんだね。理解ある人物とはこの人のことだね。」

「知音の友ですかね。でも、あのとき、たしかに僕の耳にきこえました。僕が嘘なんか書く筈ないじゃありませんか。たしかに放屁しました。」

太宰は腹を抱える恰好で大笑いをした。しかも、わざと敬語をつかって「たしかに、放屁なさいました」と云った。話をユーモラスに加工して見せるために使う敬語である。

「たしかに、なさいましたね。いや、一つだけでなくて、二つなさいました。微かになさいました。あのとき、山小屋の髯のじいさんも、くすッと笑いました。」

そういう出まかせを云って、また大笑いをした。「わッは、わッは……」と笑うのである。三ツ峠の髯のじいさんは当時八十何歳で耳が聾であった。その耳に、微かな屁の音などきこえるわけがない。しかし彼が極力自説を主張してみせるので、私は自分でも放屁したかもしれないと錯覚を起しだした。自分では否定しながらも、ときには実際に放屁したと思うようにさえなった。こんなに思うようになるまでには可なりの月日がたっている。

当時、太宰は安心であった。但、安心であったという意味は、モヒ剤を注射するおそれがなくなったことと、自殺のおそれがなくなっていたことである。彼は御坂峠の頂上で八十日あまり峠の茶店に下宿して、すっかり健康も取りかえしていた。これは偶然に拾い得たことで、もともと健康をなおす目的で山に籠ったのではない。東京の下宿生活を切りあげるために逃げて行ったのである。全く逃げ出すよりほかはなかった。彼は山に籠る前には荻窪の鎌滝という下宿屋にいたが、いつも二人か三人の食客を泊めていた。昼間はその食客の友人がやって来て、いつ行ってみても四人五人の客のいなかったことがない。酒は平野屋という酒屋から帳面で取寄せていた。食事は下宿でつくる客膳というのを持って来させ、酒の肴にはタラコだとかウニだとか花ラッキョウだとか、そんなものを近所の漬物屋から取寄せていた。それが毎日のことなので接客費もかさばって行く。太宰が「晩年」を出した翌年のことで、彼の実兄の代理人（中畑さんという人）から送る金で都合つけていたが、とてもそれでは凌げない。下宿へも平野屋へも次第に借金が殖えて行った。

そのころ中畑さんは月に一回ずつ上京して、北さんという人といっしょに太宰の下宿へ見まわりに来る慣わしであった。北さんという人は、太宰の実兄の東京における番頭役をつとめていた。いつもこの二人は太宰の下宿を訪ねる前に先ず私のうちに来て、このごろ修治さん（太宰の幼名）の行状はどんなものだろうと私に聞いていた。私は煮えきらない返辞をして、台所へお茶をとりに行くと見せかけ、家内に「鎌滝へ行って、いま中畑さんと北さんが来ていると云え」と云いつける。さもなければ、太宰は接客中のところを番頭さんたちに見つけられることになる。しかし私の家内は、どの程度まで私の云いつけを守ったか疑わしい。鎌滝に行くものと私に見せかけて、そのへんを一とまわりして帰って来たかもわからない。しかし家内も太宰の食客たちを苦々しく思っていた。或るとき寒い日に、太宰は食客の一人をつれて私のうちに来たが、食客は太宰の駱駝のインバネスをきて暖かそうにして、太宰自身は寒さでふるえていた。それで二人の帰りぎわに、家内が太宰の背後から私のインバネスを羽織らせた。それは太宰にとっては寸法が短いので、裾丈が不足して両の翼から着物の袖が露われた。しかし寒いよりはいいだろうというので着て行ってもらうことにした。ところが、いつの間にそんなことをしたものか、玄関の小縁に私のインバネスがきちんとたたんで置いてあった。寒くても見苦しい服装をしたくないのだろう。その心意気は認めてもいいと私は思ったが、私の家内の解釈は別であった。太宰が食客に対して気がねをした結果だというのである。それ食客は太宰の上等のインバネスを着て悠然とかまえていた。身勝手な振舞である。それを咎める意味で面当てに私たちが太宰の背中に、みっともない恰好のインバネスをきせたと受取れないこともない。それで太宰は反って食客に気がねをして、私のインバネスをこっそり脱いで行ったものだろう。そんなにまで太宰に気をつかわせる食客が憎らしいと云う。こんなことがあってから、私の家内は太宰の食客たちを毛嫌いするようになった。

太宰の食客たちは、中畑さんと北さんが見まわりに行くと、女中の取次ぎをきいて逃げ出すのである。玄関と反対側の出入口から逃げ出して、やがて中畑・北の二人が帰ったころを見はからって引返して来る。これは月に一回だけの行事だが、北さんは東京の人だから不時にやって来る。しかし北さんは私の裏切りを警戒して、私のうちには寄らないで、いきなり鎌滝を訪ねて太宰の部屋にはいって行く。その帰りに私のうちに寄って、私に愚痴をこぼして行くのが順序であった。かんかんに腹を立てた北さんが、こんな風に私に云ったことがある。

「いま、鎌滝に行ってみました。ところが貴方、どうでしょう。修治さんは、窓に腰をかけて雑誌を読んでいる。それはまあ、それでいいが、日中だというのに寝床が敷いてある。その寝床に誰かしらぬが若い男が二人背中を向けあって寝てる始末だ。まあ、それはそれでもいいとして、厚紙の将棋盤をチャブ台にして、二人の賓客が酒をのんでる。何たることだね。これはどうしても、貴方にお頼みしたいのですがね。ときどき貴方が鎌滝に行って、居候がいたら追いかえして下さい。金を送れば、無駄づかいする。送らなければ、悄気《しょげ》こんで死ぬと云ったりする。やっぱし、これはどうしても居候を追い返して頂くことですな。」

私はその役目を辞退した。「そんなにまで、他人の生活に立ち入るつもりはない」と私は答えた。たとい私が云っても、太宰の食客たちは私をせせら笑うだけである。

しかし太宰自身も、ときには一人でいたいと思うことがあったろう。荻窪駅の南口のお蕎麦屋で、ときたま彼が盛蕎麦を肴に一人で飲んでいるのを見かけることがあった。その店の明けはなした入口から、そんな姿が見えた。たいてい私は素通りした。一度、私はその店に飲みに行ったような風ではいって行き、酒と蕎麦を注文しながら簾畳の上り框《かまち》に腰をかけた。太宰はハンカチで汗を拭きながら、

「やあ、洒落てますね。お蕎麦で一本たてるなんて、古風で、粋ですね。ほんとのシックですね。」

そんな照れかくしを云った。もうそのころから太宰はお銚子を振ってみる癖があった。酒がまだあるかどうかお銚子を振るのだが、その振る手つきが妙に忙しげに見えるのであった。

北さんと中畑さんは、太宰に妻帯させようと云いだした。家庭を持たせないと生活が崩れて来て、またパビナールを注射するおそれがあると警戒し、二人は私のうちに来て、今回は太宰の再婚の件について御相談に参ったと中畑さんが云った。北さんも改まった風で、それについては修治さんに意中の女はないのだろうかと云った。太宰にそんな艶福があれば結構だが、私は有りのままに修治君はどういうものか女友達がないようだと

答えた。

「つきましては、誰か適当だと思われるような女のひと、ごわせんでしょうか」と中畑さんが云った。「修治さんのおばあさんも、姉さんも、そのことを御心配でしてな。ところがですな、嫁御さんを郷里で捜すわけにも参りません。」

「苦しいところだ」と北さんが云った。「以前、修治さんの鎌倉事件があってから、兄さんは世間に遠慮しています。あらゆる名誉職と、幾つもの銀行会社の重役の地位をしりぞいたんです。十年間謹慎すると発表したのです。悲壮な決心でした。そこへもって来て、また同じような事件があったので、郷里で捜すことは遠慮しなくちゃいけない。私どもは、そういう意向です。」

嫁さんを郷里以外のところで捜そうとするのだが、私は適当な女性を知らないと答えた。そのころ私の知っている若い女は、カフェーの女給以外には一人もいなかった。

「いや、女給さん結構です」と中畑さんが云った。北さんも「連れ子さえなければ、誰だって結構です」と云った。

「女給から捜すのなら、修治君自身で捜せばいいでしょう」と私は云った。「その代りに、カフェー通いをしなくっちゃいけませんね。カフェーに通うお金を、修治君に充分に提供することですね。チップなんかも、けちけちするわけには行かないですね。それに、あの人はカフェーなんかに一人で行くと、女の前で口もきけない性分ですからね。」

「その点、よくわかっています」と北さんが云った。「酒をのめばパビナールを注射する心配も薄らぐわけだ。しかし、あの鎌滝に押しかけている連中だけは、連れて行ってもらいたくないね。なあ中畑君、そうだね。」

二人は太宰君にカフェー通いを勧めるため鎌滝に行った。

その翌日あたりから、太宰君のカフェー通いがはじまった。行くさきは新宿T字型街のスタンド酒場である。いっしょに出かける相棒は、そのころ荻窪川南の下宿にいた塩月君にきまっていた。たまにはクラさんという中年の人も加わったが、たいていは塩月君同伴がおきまりであった。塩月君は酒ぎらいなおとなしい青年だが、そのころどこにも勤めていなかったので相棒の役目もそんなに面倒でもなかったろう。ところが太宰君の話では、塩月が背の低い女給に好かれるようになったのに、太宰自身はさっぱり芳しくないそうであった。

「僕は、クラさんよりもまだ駄目です。きのうも看板になってから、黄色いスエッターを着た女給が帰るのを送って行ってやろうとすると、手を振って僕に帰れというのです。黄色いスエッターをきた腕を振って、帰って下さいと云うのです。」

その女給は四谷花園町の煙草屋の二階に下宿して、病身の従兄を養っているという話

「あぶないね。従兄だというのは、たいていがヒモにきまっている。まあ考えものだね。」
であった。

私は気休めとは反対のことを云った。

「ヒモかなあ。思いを、ひるがえすかなあ。」

と太宰は云った。

太宰のカフェー通いが一箇月ばかり続いてから、中畑さんと北さんが私のところに情報をききに来た。

「いかが、ごわしょう。修治さんも、ちっとは収穫があったでしょうか。」

中畑さんは緊張した表情でそう云った。

「さっぱり駄目らしいです。」

と私は有りのままに云った。

北さんは口惜しそうに「なんて無器用なんだろう」と云った。太宰の無器用は彼自身も認めている。自分のことを「熊の手のように無器用な男」と云っていた。私は北さんに「熊の手どころか、修治君は、馬の手のように無器用です」と云った。

「北君、笑いごとじゃない」と中畑さんが云った。「これからのことを、どうしたらよいだろうな。君には誰か心あたりないか。」

「ないなあ。あったにしても、どうせ駄目だ」と北さんが云った。「俺の紹介では、わざとでも結婚しないだろう。パビナールのとき気狂病院に入れてからというもの、俺のことを目の仇にしてるからな。」

その前年、太宰がパビナール中毒になったとき、入院させるように太宰の生家と連絡をとったのが北さんである。太宰はひどい中毒にかかっていた。多いときには一日に五十数本もやっていた。一回に一本や二本では反応がなくて、五本も六本もやっていた。ひどく衰弱して、いわゆる生きた屍のようであった。御飯なんかちっとも食べないで、果物ばかり食べていた。それを断乎として入院させたのが北さんである。「どうせ私は憎まれ役です」と北さんは云っていた。なぜ北さんがこんな役目をつとめるのか、はじめのうち私は不思議なことに思っていた。そのうちに、だんだん事情がわかって来た。北さんという人は、太宰の長兄の絶大なる讃美者で、太宰の間違いから兄さんの面目がつぶれるようになるのを怖れていた。自分で憎まれ役を買って出たのもそのためであった。中畑さんという人も、太宰の兄さんの讃美者である。太宰を気狂病院に入れるとき、自動車が日蓮宗の寺の前を通るたびごとに、中畑さんは山門に向い帽子をとって丁寧にお辞儀をした。修治さんが首尾よく入院してくれますようにと祈願したものである。

太宰はカフェー通いをする間も一人か二人の食客をまだ置いていた。新宿T字型街に行くのを止すようになると、食客をつれて阿佐ヶ谷あたりのカフェーに行くようになった。そのころ私は阿佐ヶ谷のピノチオという小料理屋の主人と懇意にして、しげしげその店を訪ねていた。生ビールを飲むためである。ピノチオ初代の主人はジロさんで、二代目はサトさんと云い、二代目になってからであった。当時、この店の主人は岩手県にマンガン鉱山を買って、それがすべて上首尾に転回してサトさんは有卦に入っていた。

或る日、この店でビールを飲んでいると、おかみさんが大型の写真を出して来て私に見せた。おかみさんの長女の写真だが、誰でもいいから、小説家志望または劇作家志望の青年に娘をやりたいと云った。次女の縁談がまとまったので、長女の方の話を急いでいた。

私は太宰のことを対象に考えて、おかみさんに云った。

「誰でもいいと云うのは、ほんとに誰でもいいことだね。再縁の人でもいいのだね。」

店の主人も出て来て云った。

「よろしくお願いいたします。無論、どなたでも結構です。妙な云いかたですが、後がつかえているから急ぐんです。」

私は新聞紙をもらって写真を包み、太宰も結婚が出来るぞと思った。

翌日、太宰の下宿へ行く途中、私のうちへ遊びに来る太宰に逢った。私は新聞紙の包みを太宰に手渡した。

「下宿に帰ってから、中身を見てくれないか。妙齢の子女の肖像だ。君がお嫁さんに貰いたい気が起ったら、貰いたいと云ってくれ。」

「では、一週間して、御返辞に行きます。いや、五日目に行きます。」

と彼は云った。

これまでに太宰は、たびたびピノチオに行っている。娘の方でも太宰を知っている。写真を見るまでのこともない。太宰がその写真を見て、気持をきめてくれさえすればいいわけである。五日目に来ると云っていたのを太宰は三日目に私のうちに来て、新聞紙の包みを私の机の上に置き、

「貰うことにします。」

と云った。手短かに、しかし静かにそう云った。かえって語気に力がこもっていた。

さっそく私はピノチオに出かけ、店の掃除をしていたおかみさんに云った。

「当人に話したら、結婚したいと云った。僕は良縁だと思うね。」

おかみさんは私の顔を下から見上げながら、

「当人と仰しゃるのは、太宰さんのことでしょうね。でも、あれから、後で主人と話し

たんですけれど、もし太宰さんでしたら、お断わりすることに話をきめました。大変よくないんですけれども。」

「それは困る。誰でもいいと云っといて、今さらそんなことを云う。それは困る。」

おかみさんは奥へはいって主人を連れて来た。

「ねえピノチオさん、困るじゃないか。はたから当人に承知さして、それを止せとは云えないだろう。君たちは、僕をからかうつもりかね。」

「相すみません。しかし、困ったなあ。これには、いろいろと事情があるんですが、はっきりと云えないし、弱ったなあ。」

「パビナールのことかね。あの中毒なら、もう完全になおっている。太宰の、どこが気にくわぬのだ。」

「弱ったなあ。せんだっては、つい話を急ぎすぎていましたので、妙なことになってしまいました。申しわけありません。」

私は大体の察しをつけた。私が写真を借りていた三日間のうちに、ほかに良縁の口が見つかったとしか思えない。私はそうだろうと思って口をつぐんだ。後になってわかったが、太宰の食客の或る友人が、太宰のところに写真が来ているのを知って、話をぶち毀したということであった。

私は太宰に事情を述べて詫を云った。

「要するに、ピノチオが寝返りを打ったのだ。僕も早計だ。頼むよ、どうか勘弁してくれ。」

「いいえ、何でもない。どっちだっていいんです。」

太宰の云いかたはあっさりしていたが、内心あまりいい気持ではなかったろう。

北さんに私はこの出来事を報告した。もう私は、人の縁談には二度と口を出さないことにしようと思った。ところが、甲府の斎藤さんという人の奥さんが、令嬢の縁談がまとまったので仲人になってくれと云って来た。私は辞退して、ほかの人を推薦した。そのときの四方山ばなしの一つとして、私はピノチオのことについて話をした。

「誰でもいいという言葉は、儀礼的な常套語にすぎないのですね。しかしその常套語を、僕は言葉通りに解していました。僕の友人の太宰君のうちの番頭も、やはり言葉通りに解しているようです。解釈のしかたにも、地方色があるのでしょうか。」

太宰が新宿の女給に問題にされなかった話もした。斎藤さんの奥さんは、いまどき珍しい浪曼的な話だと云って、半分も本当にしていない風であった。ところが奥さんは郷里の甲府に帰ってから、耳よりな話があったと云って写真を送ってよこした。奥さんの女学校時代の友人のうちに四人の令嬢がある。三番目の令嬢を、先日お話の太宰さんという若い作家のお嫁さんにお世話をして差上げたい。本人はおとなしくて賢い人である。もし話がうまく運んだら、自分たち夫婦で媒酌してもいいという手紙であった。私は中畑さんにこのことを報告した。何ぶんともよろしく頼むという返事が来た。

私はピノチオのことで懲り懲りしていたので、太宰が来たとき何も云わないで、封のまま写真を手渡した。太宰も何も云わないでそれを持ち帰った。それから一週間たち二週間しても、太宰は写真について何も云わなかった。私もきこうとしなかった。一箇月ばかりたってから、私は旅行に出て御坂峠頂上の茶店に滞在した。一週間か二週間の予定であったのが四十日あまりになった。その間に、たびたび太宰に手紙を出して、この山の上に来て私と入れ代りにここに下宿したらどうかと勧誘した。

太宰よりも先に私の家内が山に訪ねて来た。何十日も私が家に帰って行かないので、偵察をかねてやって来たものである。そのくせ、原稿用紙が足りなくなっていると思って持って来たと云った。彼女は珍しく薄化粧をほどこしていた。それから二三日たって太宰がやって来て、「やっと平野屋に借金を払って、下宿を引払って来た。てんてこ舞いでした」と云った。北さんが私の家内に云ったことづけは「修治さんにも、やっと取巻連から足を洗ってもらいました。近々、御坂峠に行って、霊山の気に打たれることになるでしょう。これで、修治さんも、ほっとしたことでしょう。しっかり書いてもらいたい」というようなことであった。

九月の上旬でも、木によっては紅葉しかけているものがあった。栗はまだ少し早かったが、私は太宰といっしょに谷へ降りて行って採って来た。茸類は、コウタケ、シイタケ、ユウレイタケなどが採取できた。そんな茸類には太宰は関心を持つ様子を見せなかった。三ツ峠にも登ったが、「浮かぬ顔をしていた」のは太宰自身である。

太宰が山の宿に来て五日目か六日目に、甲府の町から斎藤さんが山に訪ねて来た。斎藤さんはバス会社の営業部にいた関係で、車掌からいろいろの噂をきく。山越えのバスの女車掌からきいて、太宰が来ていることを知ったそうである。私が山にいる間じゅう、斎藤さんは車掌に頼んで新聞を毎日私のところに送り届けていた。車掌と私は遠慮なく口をきく仲になっていた。この女車掌が斎藤さんに、今度、御坂峠に太宰という若い小説家が来ていると云った。斎藤さんが奥さんにその話をすると、つまり太宰さんという人が、写真のぬしに何かの気持があるためだろうと奥さんが解釈した。

斎藤さんは太宰が露天風呂にはいっていた隙に、そんなことを私に打ちあけた。

「こんな山のなかの宿へ、若い人が何日も滞在なさるのが、不思議だと家内が申すわけです。ですから私、さっき申しましたように、私としましても、そういう御気持だろうとしか思えないんです。でも実際には、どんなお気持なんで御座いましょう。」

「どんなもので御座いましょうか、当人は、なんにも意志表示をしないんです。私も触れないようにしていました。」

写真のことについては、私の家内も太宰から何もきかなかったと云った。

太宰がお湯からあがって来たので、私と家内は階下の土間に降りた。もう太宰は勘を働かせ、斎藤さんが何の目的で訪ねて来たか知っていた。私たちが座を立つとき、彼はきちんと坐って伏目になっていた。それに湯あがりだというのに、彼はドテラの上から角帯をしめていた。この山上では九月でもドテラを着るのだが、角帯は太宰が東京から身につけて来たものである。

甲府行のバスが来ると、斎藤さんは慌しく二階から降りて来た。そして、短い立ち話の後で、

「では、明日お待ちしております。御一緒にどうぞ。」

と云ってバスに乗った。

翌日、太宰の見合に私は附添人としてついて行った。私の家内は山に残っていた。

斎藤さんは会社の会議があるので留守であった。奥さんの案内で、私たちは写真の本人の宅に伺ったが、奥さんと私は応接間にはいると直ぐ席をはずした。奥さんがそうするように私に囁いたからである。太宰とこの家の主婦が、玄関まで私たちを見送りに立

って来た。

「バスの都合で、僕は急ぐからね」と私は太宰に云った。「決して置いてけぼりにするわけじゃないが、バスがなくなるからね。でも、君はゆっくり話して行くんだよ。いいかね、気を落ちつけることだよ。」

「はア。」

と微かに太宰は答えた。目のたまが吊りあがって、両手をだらんと垂れていた。緊張のあまり、からだの力が抜けていたのかもわからない。

「まあ、なんて子供っぽいかたなんでしょう。」

と斎藤さんの奥さんは、外に出てからつくづく驚いたように云った。

太宰はその日、見合がすむと町の宿に一泊して、翌日のバスで山の宿に帰る予定をたてていた。私は山の宿に帰って、翌日の一番バスで家内といっしょに甲府に出て東京に帰った。数日たって太宰から手紙が来た。自分は結婚するという決心を、斎藤さんの奥さん夫妻に申し出たという手紙である。私は北さんに電話をかけて報告した。

北さんは津軽の中畑さんに速達の手紙を出した。無論、太宰からも中畑さんに通知を出した筈である。さっそく中畑さんは上京して、北さんといっしょに私のうちに来た。二人とも色めき立って、来る早々に結婚式はどこでするかと大声で論じはじめた。晴れがましい場所ですると、修治さんは気をゆるめる心配があると北さんが云った。式場のことは問題でないが、費用を兄さんから出したと修治さんが知ると、気をゆるめる可能性があると中畑さんが云った。二人の意見は合致しなかったが、まだまだ目が離せないという点では話が一致した。しかし甲府の習慣では、結婚式をする前に酒入れという式を行うことになっている。酒入れをしないで結婚すると近所じゅうの物笑いになる。この式がすむと男女は結婚したも同様のものと見なされる。婿さん側から酒入れの式に行くのだが、婿さんは行かないで誰か知りあいの老人みたいなのが酒を持って一人で行く。嫁さんの側では、一族がみんな集まって神前に酒を供えて待っている。その酒と、こちらから持って行った酒とを神前で混ぜ合わせ、それをつかって三々九度というのをするそうである。

「ばかばかしいといえば、それまでだ」と私は云った。「しかし新郎新婦も、こんな面倒くさいばかばかしいことは、もう二度としたくない。二度と再婚したくない。そう思うでしょう。その立場から、意義があるのかもしれないですね。」

「それは甚だ穏健な考えだ」と北さんが云った。「ではまあ、酒入れというのも大事な式なんだね、ねえ中畑君、酒入れには誰が行くかね。」

「お願いするか、御面倒でもね、こちらさんへ」と中畑さんは、私の方に手を向けた。

私は御免を蒙りたいと断わった。

十月にはいってから、私はまた御坂峠に行った。もうそのころ私は生活を悪くして、何とか立てなおしをするために、旅行をそれの道具にするつもりだと思っていた。これも厳重に云えば自分自身に対する気休めで、田舎へ出歩くことの好きな性分を自分で云いつくろってみていたにすぎなかった。とにかく私はよく旅行に出た。歯ブラシ、タオル、石鹸などを入れたリュクサックを押入にしまって、思いつくと直ぐ出かけられるように支度をととのえていた。

十月の御坂峠は全山紅葉の眺望である。太宰は前日からどこかに出かけているということで、宿のおかみさんも行くさきは知らないと云った。タカノさんという娘さんにきくと、

「太宰さんは、お嫁さんになる人のところへ、出かけたずらよ」と云った。

二階の部屋はきちんと片づいていた。机の上のインク壺と並べ、サイダー瓶にドウダンの小枝が活けてあった。太宰が好んで使っていた金Gをはめたペン軸の下に、くびれの浅い大型の山楓の葉が一枚敷いてあった。朱色の葉であった。

一見、若い女性の机上風景とも受取れる。私は意外な感に打たれた。しかし可憐な感じの机上風景である。太宰がこの山の宿で、しみじみと秋色を楽しんでいるらしいと判

断できた。荻窪の鎌滝にいたころの室内とくらべ、全く別人の住まっている部屋に見えた。鎌滝にいたころの彼は、窓の外にある藤棚の花が咲いていても機嫌を悪くしていた。「なんて嫌らしい色でしょうね。においだって、思わせぶりばかりだ」と憎悪のこもった言葉を吐いた。

「そんなことを云うのは君、鑑賞家として、悪食だね。雨後に、満月がのぼるのを見て、なんて嫌らしい色だろうという趣味の人がいる。云うのは、わけないね。」

「趣味なんかじゃない、僕は肉体的に嫌だから嫌なんです。実際、嫌らしい色ですね。」

「では、そういうことにしよう。」

「では、そういうことに……」

鎌滝の彼の部屋は、夏は西陽があたって暑かった。彼は「西陽ぐらい嫌なものはない」と云って、西陽にも憎悪の言葉を浴びせていた。これには私も同感であった。

私がはじめて御坂峠に出かける前日の夜、私は荻窪の八丁通りのオカメという小料理屋に行った。そこへ太宰が珍しく一人で来た。当分、こちらは山の宿に籠るのだと云うと、「では別杯」と云って二人で飲むことにした。看板だから帰ってくれとオカメの主人が云ってから私たちは外に出た。鎌滝に帰る横丁に折れる前に、太宰は突然「ひイ……」というような泣声を出した。ひと声で泣き止んだが、

「僕は交番に行って、お巡りを、からかってやる。」

と云った。私の酔っている頭で判断しても、それは気のきいた着想とは云えなかった。彼は気持がやりきれなかったものだろう。発作的なものであったろう。

「僕の財布に、五円札が二枚あります。財布を拾ったから届けるといって、お巡りをだまして、お巡りにくれてやる。」

私は止せと云ったが、彼は止さないと云った。しかし十円みなお巡りにくれてやると、明日から当分のうち困ることになる。私は私の財布から五円札を出して、太宰にも五円だけに止めておくように云った。五円ずつ出しあわせようというのである。

「割勘ですかね。」

「割勘でいいさ。」

「けちけちしてるなあ。なあんのことだ。」

それでも彼は五円札一枚にして、私の出した五円札と合わせて交番に持って行った。巡査は太宰を相手にしなかった。

「君は、鎌滝にいる止宿人だろう。われわれをからかってはいかん。大きな声でしゃべっているから、ここまで筒抜けだね。しかし悪意は認めない。」

「しまった、無念だなあ。」

太宰はすたすた歩きだした。彼は目的があって歩くと足が速いのである。もう酔狂するのをあきらめて下宿に帰るつもりになっていることがわかった。私は彼に「ハウス」と云い残して家に帰って来た。感傷はお互に照れくさい。それをかくすための駄洒落も照れくさい筈である。

私は山の小屋に行ってから、「風のたよりと山上風景」という見出しをつけて太宰に手紙を出した。山上の風景を感傷的な文体で書いた。太宰からの返事には、「五円札と巡査との夜」という見出しがついて、先夜の行状を大変に恥かしいと思っていると云ってあった。それでまた私は手紙を出した。よほど以前、私のまだ学生のときにきいた挿話を書いた。伊達君という私の級友が、夜ふけに公衆電話で交換手をからかった。交換手に時間をきいたり相手の名前や年齢をたずねたりして、おまけに「僕、淋しいです」と云ったそうである。この挿話を私はコント風に加工して、見出しは「上には上がある」としておいた。

十年前頃——太宰治に関する雑用事

昭和七年から後の数年間、私は太宰君が何か事件を起すたびごとに、それに関する太宰君の行状を書きとめていた。これには個人的な事情と理由がある。そのころ私は自分の日記などつけなかったが、しかし他人である太宰君に関する日記だけはときどき書いていた。今となっては余計な煩労を経験したことになる。しかしそのころは、それをするのが私の雑用事の一つになっていた。

私はその理由を述べたいが、話が唐突になるのを避けるために、また愚痴のようなことも云いたいので、太宰君が上京して以来の大体の経過を記したい。

太宰君が上京したのは昭和五年の春である。その前に（幼年のころのことは別として）太宰は上京したことがあるかどうかしらないが、もし上京したとすれば彼は牛込抜弁天の別荘に泊った筈である。彼のお父さんの家である。お父さんは東京と青森に半々に住んでいたそうだが、太宰君が大学にはいるより前に亡くなった。いつか私が太宰君と抜弁天あたりを歩いたとき「あの家が、父のいた家です。父が亡くなってから、売ったのです」と云った。西向天神裏の大きな家で、後にこのあたりは戦争中に焼けてしまった。その焼ける前この家に住んでいた人は、当時、東京日日新聞社にいた阿部真之助氏である。

昭和五年の上京だから十九年前のことになる。上京した太宰君は、ほんのしばらく、戸塚源兵衛に住む桂治さんという兄さんのいた家にいた。桂治さんは美術学校に行っていたが、病気のためにお母さんが看護していた。間もなく桂治さんが高田馬場に引越して、太宰君は桂治さんとわかれて附近の下宿に移った。その下宿にいたころに彼は私に手紙をよこした。会ってくれなければ死ぬという手紙で私を威かして、私が作品社の事務所に行っているところを捜しあてて来た。事務所は、神田須田町の万惣という果物屋の筋向うのビルにあった。そのとき太宰は、久留米絣の着物に気のきいたサラサの下着をのぞかせて長めの袴をはいていた。「下着は兄さんのだね」ときくと「そうです」と云った。おしゃれだな、と私は思った。鼻が印象的であった。彼は興奮して来ると、その高い鼻を人差指の腹でこねまわした。鼻にぴったり指をあて、その指でぐるぐる鼻をこねまわすのである。よほど後に彼が阿佐ケ谷の外科病院で盲腸の手術を受けたとき、私が手術室の外で待っていると、廊下を車で運ばれて来る彼は鼻を人差指でこねまわしていた。病室に運ばれてからも絶えず同じ手癖をつづけていた。手術をした主任の医者は「意識の頑丈な人ですね」と云った。そして四角い皿に入っている切りとった盲腸をピンセットで挟みとって「これです」と私に見せた。

高田馬場から太宰は本所方面に移った。もうそのころ左翼のシンパというのをやっていて、ちょうど青森から出て来た初代さんという女性といっしょに本所方面に移って行き、すぐにまた八丁堀方面に移った。左翼の人が出入りするから、官憲に対して行方をくらますためであった。初代さんの郷里では大騒ぎをしたらしい。青森から中畑さんという人が初代さんを迎えに来て、太宰の入質した初代さんの品物をみんな受出した。後で北さんにきいた話では、太宰は左翼だと自称するようになってから、労働者風の男や、わざとそんな風をしている男を二人も三人も居候にしていた。その費用をつくるために、自分の持ちものだけでなく初代さんの持って来た着物など、みんな質に入れていた。もうそのころから太宰は、一種の賓客をいつも手もとに置きたい好みがあった。しかし太宰の後見役であった北さんの話では、この賓客たちを太宰は好いていなかった。流行思想的には理解しているように努めているにもかかわらず、その人たちを尊重していなかった。何とかして相手に気を悪くさせない範囲内で逃れようとしていた。第一に、太宰は信ぜられないほどに臆病である。被害を受けることや非難を浴びせられることを妄想的に近いほど危ぶむたちである。その意味では病的であった。「鎌倉へ第一回目の自殺に行ったのも、何かそれと連絡がありそうです。それ以外には、格別理由はなさそうです」と北さんが云っていた。初代さんも後になってまた東京に出て来たが、いつかそれと同じようなことを云っていた。初代さんの話でも、太宰の左翼ぶりは当時の流行を追ったにすぎなくて「なんだか妙なものでした」というのである。太宰はマルクスを勉強するために大きなデスクを買って来て、ふんわりする椅子に腰をかけてマルクスを読んだ。それから同じような大きなデスクを初代さんのために買って来て、初代さんにもそのデスクについてマルクスを読めと云ったそうである。それが事務所の大きな机のようなもので、そんな机でマルクスを読む風をすることは、真実つらかったと初代さんは云っていた。読んでもわからないというと、太宰は機嫌を悪くしたそうである。

本所方面、八丁堀方面、それから東中野の小滝橋の近くの下宿屋――たぶん、そんな順序に移って行ったように覚えている。せんだって太宰の埋骨式の日に、北さんに会ったのできいてみたが、大体そんなものであったろうという返答であった。今官一君にきくと、本郷にもいたことがあったようだと云った。確かなことはわからない。たった一度その期間に、私は太宰に連れられて小滝橋の近くの彼の下宿に行ったことがある。じめじめした感じの、ほの暗い部屋で、もう初代さんはいなかった。（太宰が初代さんといっしょに行方をくらましたのは、わずか三箇月間ぐらいのことである。）太宰は左翼づきあいを清算することの難しさについて話した。また警察署のおそろしいことについて話した。思想犯人として杉並署に留置され、北さんの引取りで放免になって間もないときであった。相当に警察で叱られて来たのに違いない。悄気ていた。そのとき太宰のその部屋には、ほかに来客はなかったが二階かどこかに賓客を収容しているものと見えた。彼は机の上の林檎を新聞紙に包むと、ふところに入れて中座した。そして色の黒い背の高い人を連れて来た。私は人見知りするのが自分のたちだと気がついて帰って来た。その日、私は改造社発行の佐藤春夫集の折込パンフレットのために佐藤さんの印象記を書いた。そのことを覚えている。私の執筆表によると、昭和六年十月のことである。太宰が広島の女と共に鎌倉へ自殺に行ったのもその月のことであったように覚えている。

　鎌倉から東京に帰ると太宰は北さんのうちに下宿した。下大崎二丁目一番地である。青森の五所川原から駈けつけて来た中畑さんは、北さんやその他二三の人と協議して、太宰に嫁さんを持たせようではないかということになった。あんな淋しがり屋の人には嫁さんがなくては気の毒だと粋をきかせた。すると太宰が「初代がいい」と云ったので、さっそく中畑さんが青森に引返して、初代さんのうちの人たちに改めて縁談を申し出た。無論、太宰の兄さんは頭を痛めた。舎弟の行状が地方新聞に大きく書きたてられたので、兄さんは身を憚る意味で、今後十年間、あらゆる公職に就かないと発表した。ともかく舎弟のことは中畑と北に任すという兄さんの意向から、初代さんは太宰のところへお嫁に来た。しかし太宰の兄さんは温厚ではあるが一面また潔癖なところがある。舎弟には充分に送金するつもりだが、自分から直接送ることは気にくわぬから北さん宛に一応送金すると北さんに云って来た。北さんもまた頑固である。「これは日頃の大人の言葉とも思われぬ」と返辞をした。「大人が令弟の今回の出来事で大変に立腹されていることは察するにあまりある。また大人が、おもてむき令弟を勘当される心情もよくわかる。しかし勘当を申渡された令弟を拙者としては庇護するわけに行きかねる。よろしく大人は、令弟を分家させられるように進言する。その手続のすんだ上で、大人からの送金は拙者より令弟に取次ぎする」と申し送った。それで太宰は分家の身となった。そのころまで津島修治といっていた彼は太宰治という筆名にした。新宿駅の出口のところで、彼はその文字を手のひらに書いて改名を私に披露した。

北さんのうちに太宰は半年ばかりいた。それから白金台町に間借りをした。そこに半年ばかりいて下大崎一丁目に家を持った。北さんはその家にときどき見廻りに行って賓客や取巻を太宰のところから帰らせるようにする役割を演じていた。もうそのころ太宰は北さんを云い負かす術を覚え込んでいた。北さんは私のうちに来て「修治さんは、とても理窟がうまくなって、私なんか歯が立たねえ」と愚痴を云った。とうとう思案につきたので、北さんは青森の中畑さんと打ちあわせた上で、太宰を同郷出身の飛島定城氏のうちに寄寓させることにした。飛島氏の家は荻窪にあった。

当時、太宰は可なり健康をそこねていた。一人で何人もの酒のお相手をして、それが連日にわたるので健康もたまらない。飛島氏のうちに行く話がきまってから、肋膜という診断で経堂病院に入院した。院長は太宰の兄さんの友人で沢田という人であった。この病院に太宰は三箇月いた。

退院と同時に彼は荻窪の飛島氏のうちに引越して来た。場所は荻窪駅北側の徳川夢声氏宅の裏側で、右隣が画家の津田青楓氏の宅であった。飛島氏が東京日日の学芸部から社会部に移った直後のことであった。飛島氏は文壇の様子もよく知っていた。たとい太宰が中央公論という大雑誌から原稿の依頼があったと云ったって、飛島氏はだまされるようなことはない。太宰もそんなことは飛島氏に云うわけがない。しかし北さんなら、云いかた一つですぐだまされる。いま改造という大雑誌から注文があった。だから原稿を書きに湯河原へ行くと云えば、北さんは大いに気をよくして旅費を立てかえた。（それは後から文治さんが北さんに返す。）北さんには文壇のことなんかわからない。この精励頑固な人を太宰はよくだました。そんなお守の人間を彼は必要とした。幼いときには乳母がいた筈である。その乳母のことは「津軽」という風土記に書いてある。東京に来てからは、北さんがその乳母の代用にされた。ときどき、青森の中畑さんも代用にされた。しかし乳母とちがって、中畑さんや北さんは太宰のうちの雇人ではない。ちゃんとした社会人である。この二人は、太宰の兄さんに傾倒して、この大人のため令弟修治さんの身に大過ないように見守ろうとしていたにすぎぬ。太宰の経歴を語るには、この二人のことは決して見逃すわけに行かないと思う。

太宰が飛島氏のうちに引越した翌日、中畑さんと北さんが私のうちに来た。二人とも改まった風で、これからのちは太宰の後見人になってくれと云った。私は辞退した。いままでの交友上の成績から見て、私は彼の取巻ではなかったが、よい友達であったとはいわれない。誰か他の人に頼んだらいいだろうと云った。しかし中畑さんと北さんは容易に帰ろうとしなかった。「膝詰談判ですか」と云うと「勿論です」と云った。私は四方山の話にしてもらいたかった。二人の客は四方山の話もしてくれたが、話をまた引きもどして、とうとう半日ちかく坐り込んでいた。それで私は、こんなような約束にした。後見人ということはおことわりするが、もし太宰が夫婦喧嘩などしたら、初代さんは私の家内のところに遊びに来ること。同時に私は太宰のところに出かけて彼を散歩などに連れ出すこと。もし何か事件を起すような素振に気がついたら、北・中畑両人に連絡すること。これはスパイの役目である。また何か事件が起ったら、それを記録にとどめておくこと。これは後日、また太宰が疳の虫でも起すようなことがある場合、太宰自身の参考資料に供するためである。

要するに私は、太宰の云いかたを真似て云えば「浅間しい、意地わるな、ちゃちな」役目を引受けた。太宰もそのことは知っていた。彼は「くすと笑った」と彼の日記に書いたかもわからない。せんだって中畑さん北さんに会ったとき「あのときは、ずいぶんねばりましたね」と云うと、「ねばりましたね、小半日も」と北さんが云った。私が太宰に関する雑用事を記録したわけは、そういう個人的な事情と理由によるのであった。したがってこんな記録を発表しても、もはや時宜を失している。故人はもう疳の虫など起さない。

記録は五つある。太宰君が二回目に鎌倉へ自殺に行ったときのものと、谷川温泉の谷川へ身投げに行ったときのものと、初代さんと別れたときのものと、パビナール中毒になって江古田の病院へ入院したときのものと、それから再婚するときのものである。最近の桜上水に身投げしたことは書いていない。私が中畑・北両氏と取りかわした約束は、太宰が三鷹に世帯を持ってから二年目に解消した。たまたま太宰のうちを訪ねた中畑・北両氏を太宰が私のうちに連れて来てくれたので、私は両氏に約束解消を申し出た。私は前もって、もし両人が太宰を訪ねたら無理やり連れて来てくれと頼んでおいた。それで太宰が連れて来た。私は両氏に「もうあのことは、解消ということにして頂きましょう。太宰君も三鷹に世帯を持ってから、もう二年ちかくも無事でした。もういいでしょう」と云った。北さんも中畑さんも、太宰の生活が落着いているのをよく知っていた。異存のあるわけがない。両氏は心よく私の申し出を承知した。その後の記録がないのはそのためである。ことに晩年の太宰のことは私にはわからない。疎開地から東京に転入してから後は太宰は私を避けていた。彼はつらいことがあっても、私にはまともに打ちあけない習慣であった。もし私を避けていなかったにしても同じことである。しかし実際は避けていた。彼が女性と懇親のあったことを私が知ったのも彼が亡くなって後のことであった。

いま五つの記録をみんなここに書きとることが出来ないので、パビナール中毒のときのものだけ書きとることにする。昭和十一年に「晩年」が処女出版された直後のものである。

十月七日（昭和十一年）

太宰のところの初代さん来訪。太宰君パビナール中毒にて一日に三十本乃至四十本注射する由、郷里の家兄津島文治氏に報告し至急入院させたき意向なりと云う。太宰の注射数は、多量のときは一日に五十数本にも及ぶ由、一回に一本にては反応なく、すくなくも一回五本の注射の必要ありと云う。今日までその事実を秘密にせし所以、解し難しと小生反問す。初代さん答えて曰く、太宰は、もう三四日待て、もう三四日待て、俺のからだの始末は俺がするとて今日に及び、この始末なりと。小生、入院の件に賛成す。

十月十日

夜十時、佐藤春夫氏宅を訪問し、太宰入院の件について相談す。佐藤氏も拙者の意見と同一なり。深更に及んで辞去す。

十月十二日

五反田下大崎の北芳四郎氏、青森の中畑慶吉氏、ならびに初代さんの三人同道にて来訪。太宰入院するよう小生に説得役を依頼す。小生、固辞すれども、三人、口をそろえて頼む頼むと云う。されば、船橋町居住の太宰宅を訪ねたり。

太宰と文学を語り、かつ将棋をさし、彼の様子をうかがうに、小生説得役にて訪ねたるものとは気のつかざる気配なり。太宰、ときどき座を立ちて注射に行く。小生、ついに云い出しかねて太宰宅に泊る。

（附記——注射するとき太宰は手洗場に立って行った。私のうちに来たときにも、将棋をさしていて太宰はたびたび座を立った。すると初代さんが注射器を持って行くのであった。これは後日、太宰が入院してから初代さんの打ちあけたことである。）

十月十三日

太宰と共に朝食を終り雑談中のところへ、中畑慶吉、北芳四郎の両氏来着す。北氏、目顔にて、もうあのことは云ったかと小生に目くばせす。小生、まだ云わぬと目顔にて答える。

中畑氏、がっかりしたような顔をする。（中畑氏は太宰の家兄津島文治氏の代理人、北芳四郎氏は津島家の東京における番頭役。）

中畑氏、太宰と時候の話を交したる後、眉宇に決意の色を見せ「修治さん、お頼みしますが、入院したらどうです」と話をきり出す。太宰、見る見る顔色を変え、入院どころか急いで小説を書く必要ありと云う。今月八日締切であった原稿、文芸春秋の小説三十枚を急いで書かなくてはいけないと云う。稿料もすでに前借し、それがすめば胸の病気をなおすため、正木不如丘氏経営の高原病院に行く予定なりと云う。かれこれ二時間ばかし押問答の末、太宰、別室に行きて啼泣す。

（附記——このとき太宰は、泣きながらも初代さんに注射させたそうである。後日、初代さんが愚妻にそのことを告白した。)

そのとき森と名乗る二十歳あまりの青年訪れて、太宰さんにお目にかかりたいと云う。初代さん玄関に出て、いま取混み中ですと云うに、青年は帰る様子もなく、是非お目にかかりたいと云う。初代さん、小生に代って応待してくれと云う。小生、代りに応待に出る。何の用かとたずねるに、べつに用はないと云う。では、いずれまたおいで下さいと云うに、帰る様子もなく、小生、うっちゃっといて座に引返し、青年の帰るを待つ。太宰の取巻の一人なりと初代さん語る。

青年の帰った後、小生、太宰に「どうか入院してくれ。これが一生一度の僕の願いだ」と頼む。「入院するのがいやなら、診察だけでも受けてくれ」と頼む。「文学を止すか止さないか、いまその瀬戸際だ。文芸春秋の原稿のことは、僕が社を訪ねて、よろしく諒解を求めて来る」と約束す。なお版画荘出版の創作集原稿も、小生の手もとにあずかると約束す。太宰、ついに診察を受けるとて病院行を承諾す。

五人、自動車にて雨中を江古田の東京武蔵野病院に行く。日が暮れて着く。診察を受け、入院絶対必要なりとの診断にて入院と決定す。小生、保証人として用紙に記名し爪印を捺す。

病室に太宰を置いて帰る。何となく空虚なる気持押しよせ、こころ平らかならず。故に北さんと新宿樽平にて大酒をのむ。中畑氏、母堂の訃報に接し急遽青森に帰郷せり。
十月十五日
病院長より北芳四郎氏へ電話あり。患者太宰治は自殺のおそれあり、故に監禁室に移し看視人をつけたいと諒解を求むる電話なり。北氏承諾せり。初代さんよりの報告なり。
十月十六日
初代さん、病院に見舞に行きたる由。但、面会謝絶なり。
文芸春秋社に佐佐木茂索氏を訪ね、太宰入院の旨を告げ、原稿の件につき諒解を求む。佐佐木氏、快諾す。
十月二十日
中毒次第に薄らぎ全快保証す、と院長診断を下したる由。北さん並びに初代さんより報告。
十月二十九日
初代さん、太宰宛に来た手紙二通を持って相談に来る。一通は新潮社より、新潮新年号に小説を書けという手紙なり。他の一通は、改造社より、改造新年号に小説を書けという手紙なり。
院長に頼み太宰に執筆できるよう、取りはからうがよろしいと小生答える。

十月三十日
初代さん北氏を訪ね、新潮社・改造社の手紙を見せて相談す。北氏、小生の意見に大反対の由。故に、拙者愚妻に命じ、両誌編輯者に太宰の家内という口上にて電話をかけさせる。只今、太宰は入院中につき、健康の恢復《かいふく》次第、執筆のつもりと申込む電話なり。新潮社の方は楢崎勤氏、電話口に出で「どうかお大事に。正月号ですから、まだまだ日数があります」との返事なる由。改造社の方は大森直道氏不在にて、鈴木一意氏、電話口に出で「いろいろ話したいことがありますので、では、こちらから病院に訪ねます」との返事なりと云う。
初代さんは電話をかけるのがへたくそとて、断じて電話をかけない女性なり。蓋し、北国弁を恥かしがるによる。故に愚妻をして代理役をつとめさせる。
十一月五日
青森金木町より津島文治氏上京。神田、せきね屋に投宿。文治氏より速報あり。
十一月六日
津島文治氏、来訪。小生留守中のこと故に、九日、せきね屋へ電話をかけるよう言置きあり。
十一月八日

津島文治氏、病院に太宰を訪ね会談す。太宰、久しぶりに文治氏に会いたるなり。(附記——たぶん七年ぶりの対面であったろう。) 亡父に会いたるごとしとて、太宰、涙をながし泣き伏したり。初代さんの語る報告なり。

十一月九日

電話をかけ、せきね屋に文治氏を訪ねる。(附記——このときが初対面であった。) 文治氏は温厚寛度なる大人なり。かねがね愚弟の無軌道ぶりには持てあましたりと云う。北芳四郎氏、沢田医学博士も来着す。文治氏の懸案について一同相談す。北氏は、太宰を郷里に帰すがいいと主張する。強硬なり。沢田氏は、病院長ならびに神経病専門医の診断を仰ぎ、他の病院にうつすべしと主張する。小生は、太宰東京にいるがよろしいと主張する。文治氏は、沢田氏の提案を採用せり。いったん他の病院に移し、しかる後に郷里に永住させるという方策なり。転業を強いる方策ではない。されば太宰も原稿を書く日を持つだろう。小生も賛成す。

北氏、船橋町の薬屋の請求書を秘かに小生に見せる。パビナールの代金、四百円余。但、一箇月分の代金なり。一本の代金は三十銭より五十銭ぐらい。暗然たるもの思わず胸に迫る。アンプールの殻は、大家さん世間を憚って、穴ぼこを掘りていつも埋めたる由。(附記——薬屋も無謀である。)

十一月十日
北氏に電話をかけて連絡をとる。明日午前十時、せきね屋に集合せよとの答えを得る。
十一月十一日
定刻変更され、午後二時、神田せきね屋に文治氏を訪ね、北芳四郎、中畑慶吉、初代さんの五人にて、太宰退院後の方策について会議。先日の小生の提案採用のことに一決す。
病院をたずねる。大ぶんよろしいような模様なり。夜になって病院を辞す。
十一月十二日
朝、初代さん来て、拙宅家内とアパートをさがす。太宰の住居を見つけるためである。
十一時半、初代さんと共に太宰を病院に訪ねる。津島文治氏も来着。太宰夫妻は自動車にて荻窪拙宅に来る。小生、文治氏と共に電車にて荻窪に帰り、照山荘アパートに荷物を運ぶ。四時ごろ、荻窪駅を発つ文治氏を一同にて見送る。本日、上野駅発にて津軽に帰るとのこと。太宰夫妻はアパートに行く。
十一月十三日
太宰、初代さんといっしょに来る。
太宰はアパートが気に入らないそうである。故に初代さん、拙宅家内といっしょに貸間さがしに行く。小生、太宰と将棋をさす。

十一月十四日

天沼に八畳の貸間を見つける。

（追記——天沼の栄寿司と衛生病院の中間にある大工さんの家の二階であった。この家の棟梁夫妻は太宰の面倒をよく見てくれた。建前のお祝などのときには、太宰夫妻を上座に据えて大々的にもてなした。太宰は頻りに書を揮毫《きごう》した。これは初代さんの語ったことである。）

十一月十五日

平野屋の厚意にて、照山荘アパートより太宰夫妻の荷物を貸間に運ぶ。太宰は平野屋に一任して自分の荷物を顧みない故、平野屋ひとりにて、あくせく荷物を二階に運ぶ。夜、太宰と初代さんが来て、部屋が殺風景だから何か飾るものを貸してくれと云う。末広鉄腸の半折と、伊部の花瓶を床飾り用として貸す。太宰と将棋をする。小生一勝。

（追記——末広鉄腸の軸は、私が田中貢太郎氏から戴いたもので、後に田中さんが亡くなられたので、遺品の転移で私から太宰への生き形見ということになってしまった。伊部焼の花壺は模造品ではなかったが、大したものではない。）

十二月十九日

太宰、人が来て仕事が出来ないと云う。初代さんがいても邪魔になると云う。初代さんが八畳間いっぱいに膨脹して部屋を塞いでしまうと云う。熱海へ行って仕事をしたいから、どこか宿屋を紹介してくれと云う。小生、宿屋に知りあいはない。それで知りあいの小料理屋を紹介し、どこか仕舞屋の静かな部屋を見つけてくれと手紙を書く。但、太宰は重病後のことだから、決して遊びや酒はすすめないでくれと頼む。

（追記——熱海のその小料理屋の主人は飲助だから、おかみさんに手紙を書き、決して親爺さんに太宰を引合せてくれるなと頼む。）

十二月二十八日

太宰、突如として来訪。きょう熱海から帰ったと云う。（附記——泊っていたのは熱海の町なかの仕舞屋で、美川さんが以前いた部屋だそうである。）いっしょに将棋をさしているところへ、園君、熱海の料理屋の主人を連れ、太宰の行方を求めて来る。園君、いきなり太宰を怒鳴りつける。太宰は園を熱海の宿に残し置き、すでに数日前に帰京していたとのことである。小生、漸く事情に気がついた。但、園君は太宰の仮寓さきに太宰を訪ね行き、しばらく逗留しているうちに、置いてけぼりを喰わされたという次第である。太宰、大いに閉口頓首の様子、まことに気の毒とも何とも云いがたし。

熱海の料理屋（大吉）の主人は、太宰への立換金百円内外を請求に来たのである。太宰は勿論のこと、小生にも持ちあわせなし。乃ち、小生の正月用の着物を質に入れ十五円を得、初代さんの正月用の着物を入質、二十円を得、三十五円也を熱海の料亭主人に渡す。料亭主人、これでは足りないと云う。前もって(おかみさんに)、酒をすすめてくれるなと頼んだ甲斐もない。太宰をそそのかして遊びに連れ出したものに違いない。この料理屋の主人はおかみさんには頭があがらないが、外に出て酔うと全く始末が悪い。太宰のことは、おかみさんに紹介したのにかかわらず、亭主、嗅ぎつけたものに相違ない。勝手にしろと云いたいが、うっちゃっておけるものでもない。

そこで園君と共に佐藤春夫氏を訪ね、園君は彼の宿料三十円を佐藤氏より拝借。小生は明日拝借できる約束を得る。深更三時ころ辞去。

十二月二十九日

佐藤氏より五十円拝借。

(追記――この金は、三好達治が大阪の母堂から結婚のお祝に貰った金の一部だという。年末のこととて余儀なく佐藤さんが三好に事情を云って又貸しされたものである。)

十二月三十日

園君と共に熱海に行き、太宰の宿の払いをすませ、料理屋の借りを払う。金すこし不足なり。主人、大いに不平を鳴らす。我慢しろとなだめるに、困った困ったと愚痴を云う。そこで小生すこし気を荒くして、しからばお前さんの細君をここに出せ、云ってきかせることがあると云う。おやじ忽ち閉口して、それは私んちで家庭争議を起すだけのものであるから、勘弁して下さいと云う。

この主人、太宰をそそのかして芸者を数多呼び集め、太宰の持ち金を消費させ、その上の太宰の借金とはこの遊興費にほかならぬ。それを追求すると、その通りだと云う。

この主人、かつて女房を浅草の小屋ものに奪われたとき泣きついて来て、小生の知人と小生との口ききで元の枝におさまった。銀座裏に店を持つときにも小生の知人の世話で首尾をつけた。かれこれ云えぬ義理もある筈だ。「我慢しろ、我慢しろ」となだめるに、おやじ遂に折れて出た。太宰の出世払いということにして帰京する。（以上）

点滴

誰かの詩にこんなのがあった。

川の音も　水の音
波の音も　水の音
雨の音も　水の音
すべてこれ水の音……

その続きは忘れたが、水の音に無関心ではいられないという意味の詩であった。
私も水音のきこえる場所にいるときには、その水音に無関心ではいられないが、ふだん水音などに関心を持ったことはない。水音をききに谷川へ出かけようと思ったことなど一度もない。雫の音をきくために清水に行ったこともない。しかし誰かの詩に、またこんなのがあった。

われ、とくとくの響をきかんとして

ここに一宇の御堂をたてぬ

したたりの音をきくために、わざわざそこの清水のそばに寺を建てた人があるというのだろう。或はまた、その目的で建てられた古寺が、いまそこにあるのではないかという意味だろう。詩人の空想でなくて実際のことかもわからない。岩清水の雫が崖の根の水たまりに落ちている。その崖を背景に寺を建てる。雫の音は必ず寺の壁や廂に反響音を起して、冴えて来るにちがいない。贅沢である。

したたりの音は、普通「ちょッぽん、ちょッぽん……」というようにきこえる。あまりに間繁く「ちゃぽ、ちゃぽ、ちゃぽ……」としたたると、音に変化が起きて耳について来る。したたりが水たまりの水面を打ち、そこのところだけ小さく水がはね上る。その瞬間、そこへ次のしたたりが落ちる。したがって水面がいろいろに攪拌され、音に変化が生じて来る。「ちゃぽ、ちゃぽ、ちゃぽ……」の水音が、しばしば「ちゃぽ、ちゃぽ、ちょろ、ちょろろ、ちょろろ……」というような音に変るのはそのためである。これが間遠く「ちょッぽん、ちょッぽん……」の場合なら、水たまりの水面が殆ど平らになってから次のしたたりが落ちるので音に変化が起らない。しかし雫の音に変化のないのがいいかどうかは各人の好みである。

あのしたたりの音は、大体において一分間に幾滴の割合で聞えるのを理想とするのだろう。私の友人で甲府に疎開していた或る友人は、一分間に四十滴ぐらいの雫が垂れるのを理想としていたようであった。私は一分間に十五滴ぐらい垂れるのを理想と見做していた。いまでも私はそうである。このことについて私はその友人と話しあったことはなかったが、再三にわたって私と彼は無言のうちに対立を見せていた。

甲府に疎開していたその友人は、甲府の町が戦災にあうまで一年あまり甲府の町はずれにいた。そのころ私も甲府市外に疎開していた関係から、よく甲府の町に出かけて梅ヶ枝という宿屋へ夕飯を食べに行った。帳場で弁当をたべるついでに葡萄酒を飲むわけだが、私の友人も葡萄酒を飲みによくそこに来た。

この宿屋は小ぢんまりとしたつくりで、帳場のすぐそばに洗面所があった。そこの水道栓が少しゆるんでいて、指が痛くなるほど締めないと水がとまらない。ちょっとぐらい締めたのでは、栓から漏れる水が洗面器に「ちょッぽん、ちょッぽん、ちょッぽん……」と落ちた。その音がまた意外によく響いた。壁か、それとも硝子戸か何かに反響するせいだろう。「ちょッぽん、ちょッぽん」という音に「びゅん……」というような響の尾をひいた。帳場に坐っていてもその音はよくきこえた。

この音に私は無関心ではいられなかった。この音をきくまいとすれば雑音であるが、耳をすましてきくと岩清水の垂れ落ちる爽やかな音である。いずれにしても無関心ではいられない。私の友人もこの音を好きになったようであった。しかし彼は口に出しては それを云わなかった。云うことを照れていたのである。彼の書く小説の表現を真似て云えば、そんな茶人めいたことを、したりげに云って見せるのは、ちゃちな、恥かしい、くだらん趣味に属するのである。

彼は気が弱かった。他人から非難されることを極度におそれるが、いったん非難されると自分で制御できなくなるほど棄鉢な口をきく。人の言動に対して、自分勝手にさまざまに味をつけて舌にのせるようなことを考え出すのである。或るとき私が「君は、独活が好きだろう。独活そのものには、格別の味はないが、主観で味をつけて食べるから」と云うと「さては日ごろから、僕のことをそう思ってたんだな」と彼は笑いにまぎらした。

私も水道栓から漏れる水音のことは口に出さなかった。彼がその水音を好いている筈なのに一言も云わないので、私は先まわりしたつもりで自分でも云わなかった。その代りに私は、彼が手洗いに立つたびに水道栓をいつも同じぐらいの締めかたにして、したり顔で座に引返していることに気がついた。しかも洗面器に一ぱい水をためておき、水道栓から垂れる雫が、よく響くような仕掛にしていることにも気がついた。「ちゃぽ、ちゃぽ、ちゃぽ……」という音は岩清水の音と変らない。私はその水音がすこし間繁くきこえるのが気になって、無関心ではいられなくなって来た。しかし相手にさとられては拙いので、しばらくたってから私は手洗いに立って行って音の緩急を訂正した。「ちゃぽ、ちゃぽ……」を「ちょッぽん、ちょッぽん……」とゆっくり垂れるようにした。こうすると音も倍ぐらい大きくきこえ、「びゅん……」という共鳴音を響かせる。この余韻を出させるには、水道栓を締めるのにラジオのつまみを調節するような苦心を要するのであった。

それから幾日かたって、その宿の帳場でまた彼に会った。今度は私の方が先に手洗いに立って「ちょッぽん、ちょッぽん……」の音を出すようにした。もはや友人も、私が水音に無関心でないことに気がついていたようであった。対立を意識しているようであった。何だかそんな風に思われた。もし二階の泊り客が手洗いに降りて来て、水道栓をだらしなく締めて行くと、友人はぷっと噴き出すかもしれなかった。私はそれが気掛りであった。しかし彼は、わざわざ立って行って音の緩急を変えるようなことはしなかった。ただ手洗いに立って行ったついでに、彼の好み通り「ちゃぽ、ちゃぽ、ちゃぽ……」の悪い音にした。何という依怙地な男だろうと私はすぐ立って行って、もはやこれがしたたりの基本の音だと心にきめた「ちょッぽん、ちょッぽん……」の音に改めた。

その後、また同じようなことを二人はくりかえした。この対立は結末がつかないで有耶無耶に終った。七月上旬に甲府の町が焼け、私たちの行きつけの宿も焼けた。友人の疎開していた家も焼けてしまった。この戦災を蒙った翌日、私は甲府の町に出て偶然に彼に遭った。私たちは立ち話をして、彼が県庁の罹災民相談所に行って来るのを私は焼趾の街角で待った。すぐに彼は引返して来て、罹災民相談所には役人も小使も一人も人の姿が見えなかったと云った。私たちは行きつけの宿の焼趾に行って見た。

敗戦後、彼は東京に転入したが、結果から云うと無慙な最期をとげるため東京に出て来たようなものであった。彼は女といっしょに上水に身を投げた。

その死場所を見ると、彼の下駄で土を深くえぐりとった跡が二条のこっていて、いよいよのとき彼が死ぬまいと抵抗したのを偲ぶことが出来た。その下駄の跡は連日の雨でも一箇月後まで消えないで残っていた。

彼の死後、私は魚釣にますます興味を持つようになった。ヤマメの密漁にさえも行きかねないほどである。甲州の谷川が私の釣場所になった。甲府の行きつけにしていた宿は、以前と似たような設計で新築され、帳場も以前とそっくりの飾りつけである。べつに離れも増築されているが、この離れの洗面所の水道栓がまたふらふらである。しかもこの水道栓から漏れる水音は、調節の技術次第では「びゅん、びゅん……」という弾みのある音にさせることができる。「ちょッぽん、ちょッぽん……」というような生ぬるい音ではない。しかも離れだから他に泊り客はない。ひと晩じゅう「びゅん、びゅん……」という音を出し放しにしても誰も消しに来るものはないのである。

追記――前に引用した「とくとくの響き」の詩は、岩清水ではなく軒から落ちるしたたりの音をうたったものである。気持は同じことだから引用した。

おんなごころ

先日、私は亀井勝一郎君に会ったとき、意外な話をきいた。意外というよりも、「しまったな」というような感慨であった。そう云った方が適切なようである。

この話は、もう亀井君が、ほかの人にも伝えているかもわからない。もしそうでなかったにしても、もはや私の方で二三の友人に喋ったので、あるいは半信半疑の話として五人六人の人に伝わっているだろう。元来、亀井君は講演が上手である。実に、上手である。したがって諸所方々から講演を頼まれる。最近も三鷹署から頼まれて、その講演が終った後で、数人の署員と暫時のあいだ雑談した。そのとき、ある一人の刑事が、こう云ったそうである。太宰という作家が身投げをして、遺骸が見つかったとき、自分は検視の刑事として現場に立ちあった。その検視の結果によると、太宰氏の咽喉くびに紐か縄で締めた跡が痣になって残っていた。無理心中であると認められた。しかし身投げをした両人の立場を尊重して、世間に発表することは差控えた。

そんな意味のことを、その刑事が話したそうである。これは警察官として一理ある処置方法かもしれないが、私はその話を亀井君からきかされたとき、「しまったな」と思った。「しまったな」というのは、警察官の処置方法について云うのではない。私自身の迂闊《うかつ》であったことを「しまったな」と思ったのである。太宰の友人であった私が、もし太宰が他人の手で咽喉を締められている場面を見つけたら、その邪魔をして防いでやった筈である。それは云うまでもないが、そんな状態に立ち到る前に、某という相手の女を避けるように友人たちの応援を求めたりした筈である。もっとも某女の方では、太宰と連れだって桜上水の堤に現われたとき、太宰の死におくれることを怖れたため咽喉を締めてやったのかもわからない。太宰は極めて気が弱い。某女の方でも、それを知りぬいていたことだろう。相対死の場合、どちらかの一方が積極的であるという昔からの定説は、太宰たちの最期の模様にも当てはまるのだろうか。しかし、このような定説は、事件の起った後に、よく誇張され歪曲された噂を誘発させる可能性がある。太宰たちの遺骸が見つかったとき、太宰の口のなかに荒縄を押し込んであったという噂も、もしかしたらその一例かもわからない。

私は某女のことは殆ど何も知らないので、その行為についても無理解だと思っている。彼女の下宿部屋を太宰が仕事部屋に使っていた当時、私は三度太宰を訪ねた。最初は、出版のことで打ちあわせをする用事で訪ねたが、某女と口をきく必要がなかったので、お互に殆ど口をきかなかった。

二度目のときには聊《いささ》か某女と口をきく必要があった。もと某雑誌編輯部にいたUという青年が太宰の仕事部屋に訪ねて来て睡眠薬を大量にのんだ。結果は、瀕死の状態になって、口から泡を吹きだした。私はその噂をきいたので、きっと太宰も困っているだろうと察し、様子を確かめるために駈けつけた。四五人の来客がいた。Uという青年はいなかった。太宰は立膝を崩して半ば横になった恰好で、手酌で酒をのんでいたが、私を見るといきなり恨めしそうに云った。

「昨日の晩から、僕は一睡もしないんです。とんでもない迷惑でした。寄ってたかって、みんなで僕をいじめやがるんだ。井伏さんを恨みます。」

「妙なこと、きくものだね。なぜ、僕を恨むんだ。」

「だって、Uという男、井伏さんと知りあいだったでしょう。僕は、Uという男と、一ぺんも会った覚えがない。昨日、初めて来て、僕たちが酒をのむのを見ながら、こっそり眠り薬をのんだんです。僕は恨みます。」

「そりゃ、筋合が違やしないかね。僕がUを君に紹介してよこしたのなら、話はまた別だ。しかし、僕がUと知りあいだったということだけで、そんな云いがかりをつけられては困る。僕こそ、迷惑だ。」

私が気を悪くすると、

「いや、三十分ばかり恨みました。実は、ほんのちょっと、三十分ほど恨んだだけです。もう何ともありません。」

太宰はそういう出まかせのようなことを云って、尚さら私を気まずくさせた。

「三十分間だろうが、三十時間だろうが、同じことだ、Uがここに来たことと、僕という人間と、何の関係があるかね。」

太宰は返辞をしなかったが、部屋の隅で酒の燗をしていた某女が云った。

「太宰さんは、今朝、わあわあ泣いて、まるで子供みたいなんですの。となり近所にも、あの泣声、きこえたでしょうよ。わあわあ泣くんですの。よっぽど、つらそうでしたわ。」

某女は気がいら立っているようであった。昨晩、Uから睡眠薬を買って来てくれと頼まれて、買って来たのは某女自身であったそうだ。某女はお銚子を私の前に持って来て、ほかの来客たちのお銚子も取りかえた。そこへ某雑誌の編輯者が慌しくやって来て、某女に「もう大丈夫です」と云った。Uの容体が、もう大丈夫よくなる見込だという。さっき二度目か三度目に意識をはっきりさせたUは、お嫁さんがほしいというようなことを云って、看護婦たちを笑わせたりして、甘ったれていたということであった。

「よかったわ」と某女は、そこで一と安心したように云った。「よかったわ、あたし。もし万一のことでもあったら、どこで睡眠薬を買って来たか、調べられるにきまってます。薬の出所、きっと警察がきくに違いないんですからね。」

Uは前の晩ここに来ると、某女にお金を渡して睡眠薬を買って来てくれと頼んだという。某女は頼まれた通り、二箱の睡眠薬を買って来たが、まさかそれを二箱分も、一度にのもうとは思わなかったという。

私は腑におちなかったので、某女にその睡眠薬の名をきいた。ありふれた眠り薬の名前であった。新聞にも、よくその薬の広告が載っている。この程度の睡眠薬を、どこの店で買って来ようが、それを調べられることぐらい気にする必要はない筈である。ますます腑におちない。まさか出所の云えないような筋から、手に入れたものでもないだろう。もしそうでなかったら、彼女の行きつけかもしれぬ秘密筋から、手に入れたのではないかと疑ってみたくなる。薬品を扱う秘密筋といえば、禁止薬の注射液など売っている手合だと仮想していい。私はそんなように判断した。

ふと私は、某女が太宰のために、禁止薬を買いに行っているのではないだろうかと疑った。かつて、私は十年あまり前に、太宰の無軌道な注射癖には手を焼いた。

「心配でしょうね。でも、大丈夫でしょう。よしんば、警察が調べたって」と私は、さりげなく某女に云った。「あの睡眠薬なら、新聞広告にも名前が出ているし、どこの薬屋にでも売っているでしょう。その平凡な薬を、あんたが、人のお使いで買いに行ったというだけの話だ。二箱も一度にのんだ方が、滅茶というだけのことだね。」

某女は答えなかった。その代り、不意に太宰が座を立って、手洗いに行く風で階下におりて行った。そのあとを追って、ある雑誌社の記者も階下におりた。すぐに某女は、その雑誌記者のことについて私に云った。

「あの人には、太宰さんも、ほんとに困ってらっしゃいますわ。太宰さんが階下におりると、階下について来る。散歩に出ると、散歩について来る。うるさくつきまとって来て、太宰さんに書け書けと云って、無理やり書かせるんです。太宰さんは、つらいつらいと云って、あの人のところの原稿、泣きながら書くんです。」

「泣くほどなら、先に泣きながら、原稿の註文を断わればいいわけだ。いっぺん泣けば、すむからね。」

「あの人に、しつこくしないように、貴方から云っていただけないでしょうか。太宰さんは、ほんとに困ってらっしゃるんですから。雑文は書きたくないと云ってらっしゃるんです。」

そこへ、その雑誌記者が引返して来た。私は余計なことのように思ったが、その記者に無理やり太宰に雑文を書かせるのは、勘弁してやったらどうだという意味のことを云った。勿論、余計なおせっかいである。相手はむっつりして答えなかった。それで、もう一度、同じことをくりかえしていると、某女が階下に降りて行った。暫くすると、太宰が大きな足音で階段をあがって来て、げらげら笑いながら座についた。そうして浮きした調子で、むっつりしている雑誌記者に云った。

「あいつ、ひでえ女だよ。きたねえなあ。僕が便所にはいってると、わざわざ便所の戸をあけて云うんだよ。お前が、いま意見されてるって、そう云うんだ。立派な、いい意見だって、あの女がそう云うんだよ。でも、きたねえなあ、ひでえ女だ。」

私は十年あまり前のことを思い出した。そのころ太宰は私のうちに来ると、手洗いに立つときには家の裏手の原っぱに出て行った。すると、太宰の連れて来ている初代さんが、あとからついて出た。当時、たいてい太宰は、初代さんといっしょに来た。後日になって初代さんは、あれは自分の隠し持っている注射器を、麻酔のきれた太宰に渡すためであったと打ちあけた。私はそのことを思い出して、もしかしたら太宰が十年あまり前の悪癖を再発させているのではないだろうかと疑った。しかし私は太宰の酒をのむ様子を窺って、自分の疑いを打ち消した。モヒ剤注射の悪癖のあるものは、酒など見向きもしない筈である。太宰は実際に酒を口に含んで、実際に咽喉からのみくだしているようであった。咽喉ぼとけの動くのも確かに認められた。まさか、そう見せかける芝居をして見せたのではないだろう。その点に疑いは置かないが、某女が御不浄をのぞいて、かれこれ云ったというのは正にその反対のことを女が云ったのだろう。某女は私の甘さ加減を試すために、太宰が泣きながらいやな雑文を書いていると云ったのかもわからない。後日になって私は彼女の書き残していた日記を見て、大体そんなところであったろうと思い当ることが出来た。当日の感想と思われる章に、私のことを薄手の甘ちょろと見てとったと書いている。

太宰が私に対して旧知の煩わしさを覚えていたことを私も知っていた。敗戦後の太宰は、外見だけのことであるが、まるきり人違いがしているようであった。私だけでなく、以前からの親しい友人たちにも、たいてい旧知の煩わしさを感じていたようであった。しかし私はもう一度、それが三度目の訪問で太宰の仕事部屋に出かけた。私たちの共通の友人で、太宰が学生のときから知っていた青柳瑞穂君の奥さんが亡くなったので、そのお葬式の日取を知らせに行ったのである。階下のおかみさんが太宰は留守だと云った。それで日取の伝言を、おかみさんに頼んで帰って来た。以前、太宰は青柳夫妻によく世話をやかしたので、太宰の秘密にしている仕事部屋の在り場所を知っていた私が報告に行くのは当り前である。自宅に通知するよりも、仕事部屋へ知らせに行く方が確かで伝達も速いのであった。

青柳夫人の葬式には、私はすこし早めに出かけたが、受附にいた人が、さっき太宰がちらっと顔を見せてすぐに帰ってしまったと云った。葬式はまだ始まっていなかった。「いかにも太宰さんらしいですね。さっと来て、さっと帰るとこなんか、天馬、空を行くですね」と、受附のそばにいた人が云った。

「いや、衰弱しているんだよ」と別の人が云った。「このごろ、看護人が附添で外出してるそうだ。今日だって、看護人が駅までついて来て待っていた。」

「それは、ほんとかね」と私がきくと、「そうだよ、とても疲労困憊の極だそうだ」とその人が云った。附添人というのは、つまり某女のことで、附添って外出しながらも、彼女は太宰が大酒をのむのを何とも云わないそうであった。

私は太宰に転地療養をすすめようと思った。その前にも、転地をすすめる手紙を出すのは再三にわたったが一度も返辞をよこしたことがない。そのころ太宰の奥さんが、私のうちに来たので太宰の安否をたずねると、何の異状なく仕事に精進しているから安心してくれということであった。奥さんは太宰から固く口どめされていたものだろう。それで私は直接太宰に会って談ずるつもりでいたところ、はたのものが何を云っても効果ないということがわかって来た。某女の方で太宰を自由にさせないそうであった。だが私は、さっき云ったようなことになるだろうとは想像も出来なかった。「しまった」と思うのである。よくせき女は太宰を存分に扱っていたらしい。その打ちこみかたも狂おしいものだそうであった。文芸春秋新社の中戸川君も太宰を訪ねて行って、ひどいこと某女に叱られたと云っていた。中戸川君こそ、いい面の皮である。仕事部屋にいる太宰のところへ原稿を頼みに行ったのにすぎないが、某女が階下におりて来て、「帰って下さい。帰れ、帰れ」と、中戸川君を怒鳴りつけた。「ちょっと、お目にかかりたいのです」と云うと、「絶対に駄目。駄目だと云ったら、駄目。帰れ、帰れ、帰らないか」と気が狂ったように怒鳴るので、這々《ほうほう》の体で帰って来たと云っていた。

たぶん中戸川君の怒鳴られたときには、太宰は「千種」という小料理屋の二階を仕事部屋にしていたのだろう。憑きものがしたようになったのは、そこに来てからのことだと千種のおかみさんが云っていた。その思い出ばなしによると、若い友人の泊っている夜は格別のこともないが、そうでないときには真夜なかごろに太宰が大きな声で呻きだす。いつも一分間ぐらい吠えるような声で呻吟をつづけ、そのつど千種の夫妻は階段の上り口の襖をあけて、じっと耳をすましていた。呻き声が、ぱたりととまると、あとは森閑として何の気配もない。

「それはもう、おそろしくって。ねえ、怖かったわね」と、おかみさんが亭主を顧みて云った。

「うむ、あまり気持のいいものじゃなかったな」と無口な亭主が云った。それは咽喉を締めつけられて呻く声とも違っていたようだし、夢でうなされる声とも違っていたそうである。おかみさんが某女に、「昨晩は大変な騒ぎでしたね」と云うと、「そうなの、いつものことよ」と女は、けろりとしている。千種の夫妻も、あまり詮索するのは失礼なような気がするので、それ以上のことは女にきかなかったそうである。

「太宰君に、直接きかなかったのですか。」

と、たずねるとおかみさんが云った。

「そんな失礼なこと、太宰先生に、きけるものでもないでしょう。それに先生は、手洗いにおりていらっしゃる以外は、二階に缶詰なんです。」

「顔なんか洗いに、おりるでしょう。屋台店にも行くでしょう。」

「顔なんか、洗わせるものですか。とてもそんな、屋台店に行くなんて。」

おかみさんは、思いもよらないことだと云うように首を振って、

「ねえ、お気の毒だったわね。太宰先生も、よく我慢されたことね。」

と亭主に云った。

おかみさんの話では、まるで太宰は千種の二階に幽閉されていた。それも朝日新聞に連載する「グッド・バイ」の構想を、太宰がおかみさんたちに話して以来のことである。「グッド・バイ」は未完のまま終ったが、はじめの構想によると、主人公が数人の馴染の女と別れて行く。これまでの生活にもグッド・バイして、ごく平凡な生活にはいって行くところで終りになる。その筋書が女に知れてから、太宰は二階に閉じこめられ、一歩も千種から外に出してもらえなくなった。太宰が「ちょっと、うちに行って来る」と云うと、「あたし、いつでも青酸加里、持ってますよ」と威し文句を浴びせかける。小心な太宰は、たちまちすくんでしまう。

「太宰先生は、どんなにかお宅に帰りたかったでしょう。先生が二階を歩きまわってらっしゃるのが、ここにいてよくわかりました。」

おかみさんは涙ぐんでいた。

「なぜ、逃げ出さなかったんだろう。太宰は、逃げ足が速かった。トンビの翼をひるがえして、脱兎のごとく駈け出したね。」

「だって、女が怖い薬を持っています。」

「誰か口をきいてやるもの、いなかったのかしら。おかみさんが、もし口をきいてやると、女は気を荒らだてたかしら。」

「やっぱし、余計な口出しをしたことになりましょうね。うちでは、あの女の人には、腫れものに触るようにしていました。」

太宰自身、やりきれない気持であったろう。これが仮に物語か小説の筋であるとしたら、もうとっくに太宰は「くだらねえ」と、その本を閉じていたことだろう。女の云ったという「あたし、いつでも青酸加里、持ってますよ」という文句も、ふざけて云うならともかくも、あくどさという点で只ならないものがある。いい趣味でもない。素足で不気味なものを踏みつけたような気持がする。

はじめのうち私は、女が半分冗談で太宰に威し文句をきかせていたものと思っていた。しかし万一そうであったにしても、ちぢみあがってそれを真に受ける太宰には冗談ごとではない。千種夫妻の話をきいているうちに、私にもそれがわかって来た。

よほど以前に太宰は、じゃじゃ馬馴らしの出来るような男こそ、自分の最も軽蔑するものだと云ったことがある。そのとき私は、「そうだろう。君は神経の末端まで、大事にするから」と同感の意を見せた。内心では、案外この太宰という青年は、じゃじゃ馬馴らしの出来る男よりも、斯道の達士として素質があると自負しているのではないかと思った。だが、私の判断はおぼつかない。私の買いかぶりであった。じゃじゃ馬の前で太宰は、ぐうの音も出せなかった。太宰から仕向けた故だと思われる。もともと彼は、人の増長を誘発させる言動に長じていた。そうして相手の増上慢に内心は顰蹙し、それでもまだ表面は我慢して、自虐性があると云ったりする。おもてには快楽をよそおい、内にはピエロの悲しみを覚える、というような意味のことを云っている。いつか私が太宰のその性癖を指摘して「それは煩手を労するというものだ」と云ったところ、「末世の故ですね。すべては社会の罪か」と云って、げらげらと笑った。あながちそれは駄洒落でもない。太宰は献身的な「おつきあい」をする精神だと云うのだが、私の読んだ通俗心理学の書物には、そんなのは疑似社交心というものであると書いてあった。いつか私が、テグスの太いのを買うために、釣具屋を捜して歩いていると太宰と行きあった。いっしょに釣具屋に行くと、私の入用とする太さのテグスがなかったので、もう一軒の釣具屋に行った。そこでも品切れだと云うので、私が帰ろうとすると太宰は釣具屋の主人にテグスの製法をたずねた。先ず素人がテグスをつくるには、栗の木の虫をむしって酸のなかにつけ、虫の内臓を長くのばす。それをブリキか薄い鉄板にあけた穴に通して細く扱《しご》くのだ。

「テグスなんて、わけなく出来るんだね。――栗の木の虫を見つけに行きましょう」と太宰は、また彼の「おつきあい」を始めた。

栗の木の虫が見つかっても、あの芋虫のような気味のわるい虫をつかまえるのは閉口である。まして、むしって、だらんとした臓物を長くのばすのは、思っただけでもいやである。私は御免だと断わったが、太宰は三鷹のちょっと先に栗林があるから行こうと云った。

「虫は僕がつかまえます」と太宰は云った。「はじめ、細い木の枝か何かを箸にして、虫をつかまえるんです。そいつを持って帰るうちに、次第に僕たち虫に慣れて来ます。」

「しかし、虫をむしる段になると、ちょっと難色を出すよ。」

「いいえ、大丈夫です。さあ太宰、この虫をむしれ、お前、この虫をむしれ、と大声で僕に云って下さい。僕は、決死の勇をふるって、むしります。目をつぶってむしります。」

太宰としては妙な羽目に立ちいたったのである。自分でも虫の処理など出来ると思って云っているのではない。もし私が太宰といっしょに虫をとりに行ったとすれば、太宰の口真似で云うと「おもてに友愛をよそおい、内には恨み骨髄」というところだろう。のちのちまで、何かにつけては思い出して口惜しがる筈である。いま私は、あのとき太宰の「おつきあい」に、私が「おつきあい」していたら、どんなものだったろうと考える。三鷹のちょっと先の栗林で青虫を見つけ、一ぴきではいけない十ぴきばかり持って帰ったとする。それを太宰がむしるのだ。彼は眉根をしかめ、固く目をつぶって、顔は青ざめている。ふうふう息を弾ませている。あの細い指で青虫を二つにむしるのだ。彼が卒倒しなければ幸いである。二ひき目をむしる段になると、いま将《まさ》に泣きだしそうである。その恰好を私は想像して、千種の二階に閉じこめられていたときの太宰の様子を思うのである。

私は太宰の生前に、彼が某女とそんな悩ましいつきあいであろうとは知らなかった。ただ転地療養だけはすすめようとしていたが、それさえも手紙で二度か三度か云ってみたにすぎなかった。ところが太宰の死後、二箇月か三箇月ばかりたってから、ある新聞記者が私のうちに来て、「太宰さんのあの女のことで、貴方は太宰さんを、ひどく叱ったそうですね。それについて回想的な話をききたいのです」と云った。私は意外であった。

その新聞記者の話では、何とかという劇団で、晩年の太宰のことを芝居に仕組んで上演した。その芝居の一場面に、私と覚しき人物が太宰をつかまえて、「君は芸術の道に精進すべきだ。あの女と別れろ。俺の前で、別れると誓え」と威しつけることになっていたそうである。私自身、太宰に一度もそんなことを云った覚えはない。くりかえして云うように、太宰と女の悩ましいつきあいを私が知ったのは、太宰が家出したという報をきいてからである。

「何か間違いじゃないでしょうか」と私は、その新聞記者に云った。「僕は、二人の関係さえも知らなかったのです。太宰に忠告なんか、するわけがないでしょう。」

「いや、確かに明白です。広告用のプログラムに、ちゃんと説明が書いてありますからね。貴方は、壁か何かに凭《もた》れかかって、足を投げ出して、太宰さんを叱るのです。」

「それは困る、とんでもない。」

「貴方が、芸術の道とか正義の道とかいうものを、太宰さんに向って説くのです。そうでしょう、ちょっと照れくさいでしょう。それについて、反駁でも何でもいいです、ちょっと一言お願いします。」

私はその芝居を見ていない。勘弁ねがいたいと私は云った。新聞記者は案外に物わかりよく勘弁してくれた。そうして、あらましその芝居の筋書を話してくれた。私と覚しき人物は、最後の大詰の場にも現われるそうである。その場面では、舞台に桜の木と堤が見える。堤と並行に道がつづいていて、桜上水のほとりを写し得た感じである。そこへ太宰の奥さんに扮した女が現われて、悲しげな風情で水のおもてに目をそそぐ。彼女は、そっと涙を押しぬぐう。すると反対の方向から、私と覚しき人物が現われて、奥さんと互にお辞儀をする。悲しげな二人は、無言のうちに左右に立ち去って行く。

「そのときにですね、いいですか」と新聞記者は、今にも笑い出す前の表情で云った。

「舞台のその二人は、左右に立ち去って行く。すると桜の葉が、はらはらと散って――

静かに幕。どうです、いっぽん参ったでしょう。」

新聞記者は笑いを爆発させた。若々しくって威勢のいい笑い声であったが、それさえも私は気にくわなかった。

「うんざりさせやがる。」

私はむっとしたが、

「なあに、気にするのは貴方だけですよ。」

と相手は云った。

桜上水という名前は、いまでも私はその名前をきくと、ひやりとさせられる。但、芝居の桜上水の場面に私と覚しき人間が登場したためではない。新聞記者がそれを笑ったためでもない。太宰の死体がその上水を流れたからである。太宰の滑り落ちた現場には、遺留品として、小鋏、小皿、小さな緑色の瓶、ウイスキーの瓶などが堤の笹の間に見つかった。太宰が腰をおろしたと思われる部分だけ、笹が乱雑に踏みしだかれ、そこから流れに向って、お尻の幅だけ笹が薙ぎ倒されていた。雨で朽土《きゅうど》が柔らかくなっていたせいである。黒い朽土に、べっとり笹がへばりつき、その両側に一とすじずつ下駄の歯で抉《えぐ》ったと見える跡が残っていた。はじめ私はそれを見て、この下駄で抉った跡は、太宰が死ぬまいと最後の瞬間に抵抗した名残りだろうと思った。この推定は間違っていたようである。遺骸が見つかったとき、女は太宰の膝をまたいで組みついていたそうである。流れに滑り落ちるとき、もはや太宰の息の根がとまっていたとすれば、女は流れに背を向けて太宰の膝に馬乗りになって、両足でうしろに漕いだものだろう。下駄の歯で朽土が抉れたのは、太宰の脛《すね》に女の体重が加わったためだと思われる。遺骸が見つかったという当日、私は傘をさして千種の入口に立って霊柩車が来るのを待っていた。太宰の友人や新聞記者などの他に、いろいろ大勢の人が立っていた。私のそばに、筑摩書房の石井君という若い編輯者が雨にぬれながら青ざめた顔で立っていた。この編輯者は、太宰に師事していた人である。

「君、遺骸を見ましたか」と私は、石井君に傘をさしかけて囁いた。

「見ました」と石井君は、ひくい沈鬱な声で云った。「僕が、太宰先生の遺骸を、川から担ぎ上げたのです。太宰先生は、両手をひろげていました。」

石井君は能面のように表情を強《こわ》ばらせて、それっきり黙りこんでしまった。泣くまいと努めていた。さっきから異様なにおいがしていたのは、石井君から発散していたことがわかった。私はマレー戦線で散々このにおいを嗅いでいる。

今年の夏、もと文芸春秋社にいた石井桃子さんという女性と私は電車のなかで逢った。桃子さんは、顔真卿《がんしんけい》の拓本をひらいて一心に見つめていた。美貌で才媛だという評判であった女性だが、からだが以前すこし弱かったとかいうことで、いまだに独身だそうである。よほど前、太宰が私のうちで偶然この桃子さんと同座して、それから後は当分の間、太宰は桃子さんにあこがれるようになっていた。その気持を桃子さんの方でも、うすうす感じているものと私は思っていた。もう数年前、戦争が激しくなっていた当時のことである。そのころ桃子さんの家は、私のうちから五六町ばかり離れたところにあった。北京から留学して来ていた王《ワン》さんという女性と同居して、桃子さんはもう勤めを止して童話の飜訳をするかたわら、王さんの万葉研究を手伝っていた。王さんは東大の文科に通って、日本の古代文学を勉強していたのである。

あるとき私が、桃子さんのところへ書物を返しに行くと、桃子さんが庭の白樺の木を倒そうとして甲斐甲斐しく立ち働いていた。物資不足で薪が手に入らないので、白樺を薪にするつもりだろうが惜しい庭木であった。それを倒したりしては、せっかくの庭が台なしになる。この庭は、先住の小里文子さんが郷里の信州から雑木や白樺を運んで来て、一見、すぐ信州の山裾の一部が偲ばれるように按排造築したものである。熊笹も、タンポポも、カタクリも、スミレも、みんな信州から持って来て植えたもので、天然そっくりの庭であった。私は半ば面白半分に、桃子さんが白樺を倒そうと力んでいるのを眺めていた。先方では私の存在にまだ気がつかなくて、鉄棒体操でもするように下枝にぶらさがって引張っていた。根元の土がすこしばかり掘りかえされていたが、そのくらいのことで太い木が倒れるものでない。「手伝ってあげましょう」と云いかけたとき、王さんが帰って来て桃子さんの奮闘ぶりに目を丸くした。私は王さんに耳打ちした。

「あれを、日本語で形容すると、姫御前の、あられもないと云うのです。」

「あたしの国では、こう云います。」

王さんは流暢な日本語で囁いて、ポケットから取出した手帳に、万年筆でゆっくりと書いて見せた。先ず「殺風景」と書いて「雑纂を参照」と書いた。例の、琴を割って鶴を煮る「殺風景」である。

私はこのときのことを、二三日後に太宰に話した。

「素敵ですね。二人の女性と初夏、という感じが出ていますね」と太宰が云った。「いっぺん桃子さんのところに、僕を連れてってくれませんか。でも、僕は他意ないんだがなあ。」

ちょっと、ずるそうに笑いを浮かべていた。行きたければ独りで勝手に行くがいいのである。もう私のうちで二度も三度も同座して、お互に世間ばなしをしたり小説の話なんかしている間がらである。しかし桃子さんには、そんな太宰の素振について私は何ひとつ話さないでおいた。

――桃子さんは顔真卿の拓本を膝の上に伏せて、私が話を持ち出さないのに太宰のことについて噂をした。主に太宰の小説について印象を語った。私はこの女性が、太宰のあこがれていたのを意識して話しているものと解釈した。私が「すっぱりして、気持のいい男でしたね」と云うと、「ほんとよ、いい人でしたわ」と桃子さんは、わが意を得たというように答えた。これならもう云っても失礼でないと判断して、だしぬけとも思わないで私は云った。

「あのころの太宰は、あなたに相当あこがれていましたね。実際、そうでした。」

桃子さんは、びっくりした風で、見る見る顔を赤らめて、

「あら初耳だわ。」

と独りごとのように云った。

「おや、御存じなかったんですか。これは失礼。」

「いいえ、ちっとも。――でも、あたしだったら、太宰さんを死なせなかったでしょうよ。」

この才媛は、まだ顔を赤らめていた。

ひとくちに「おんなごころ」といっても、人によって現われかたが違っている。

太宰治のこと

太宰君は大変にお行儀がよくて、ことに小説の話をするときには端然と坐りなおすのが記憶に残っている。自分の小説の腹案を話すときにも坐りなおすのである。小説というものを一途に大事がっている学生のようであった。謙譲な青年に見えた。しかし、相当にせっかちなところがあった。たとえば来週の日曜日の夕方に来る約束をしたとして、その日になると、まだ日が高いうちに私のうちの前を通りすぎて、また行ったり来たりした。垣根ごしに私が見つけるときには呼び込むが、こちらが気がつかなければ何遍でも行ったり来たりする。ちょっと異常なところがあった。この性癖は後年にまで持ち及び、阿佐ヶ谷会のときなどには午後五時からはじまるのに三時ごろ私のうちの前を通りすぎ、「えへん」と咳ばらいをして私の注意を促すこともあった。太宰君の咳ばらいは実によく響く「おッほん」というような声であった。

昭和六年か七年頃、太宰君の言出しで一緒に旅行する約束をした。但、私は注文をつけた。旅費は各自に自弁で、太宰君の旅費は実家から貰ったお金でなく、太宰君の原稿を売った金でなくてはならぬ。この約束なら、実際に旅行に出るのは三年か四年か先のことだろうと私は考えていたが、十日もたたないうちに太宰君は原稿料が入ったと云って来た。田舎の新聞に短篇か何か出して稿料を貰ったそうである。私はそれを信じかねた。それで旅行はお流れにした。

昭和八年の春、太宰君は杉並天沼三丁目に移転して、翌年の春に天沼一丁目に移った。学校へ通うのに便利なためだというのだが、てんで学校には行かなかった。昭和十年まで彼は在学したが、果して何時間教室に出たろうか。太宰君の話では、卒業試験の口答試問のとき辰野隆先生は太宰君の語学力を斟酌《しんしゃく》されたらしい。立会の三人の教授先生を指差して、「この三人の先生の名前を云ってごらん。君に云えたら、卒業できないこともない」と云った。太宰君は答えることができなかった。私はその話をきいて驚いた。立会の三人の先生は仏文科の先生かとたずねると、無論それに違いないだろうと云うだけであった。

卒業試験の直後、太宰君は盲腸炎になった。私が見舞に行くと、そこへ荻窪弁天通（今の教会通）の渡辺さんという医者が来て、すぐ切開の必要があると診断して阿佐ヶ谷の篠原病院へ紹介してくれた。手術の結果、病状が容易ならぬことを知らされた。私が病棟の廊下に立っていると、助手の医者が容器のなかの切断した盲腸をピンセットで摘みあげて「こんなに悪化していました。しかし、大変に意識の頑健な患者さんですね」と云った。日ごろ酒を飲む人は、麻酔がよく効かないということである。「アルコールのせいですか」ときくと、その若い医者が「いや非常に意識が頑健なんですね」と云った。切断された盲腸は青黒い色で細長く、いまにも溶けそうにピンセットの先にだらんとぶらさがっていた。

この病院に太宰君は一箇月ほどいたが、腹膜炎を併発してパントポンの中毒にかかった。この中毒のために腹膜炎がなおってからも散々な苦渋をなめた。翌年十月、この症状を消すため江古田に入院する直前には、パビナールを一日に三回、しかも一回に五本か六本ずつ注射するようになっていた。当人は私たちにその事情を秘密にしていたが、とうとう隠しきれなくなって無理やり私たちの手で江古田の武蔵野病院に入れた。そこに入院中の一箇月間、太宰君は家族のものからも見舞客からも絶対に隔離されていた。入院中の模様は「HUMAN・LOST」という作品によって想像できるだけである。外来者とは鉄格子の扉で隔離されてたが、患者同士は往来することが許されていたようである。退院の日に太宰君の長兄と私が連れ立って迎えに病室へ行くと、堂々たる風采の人が来て私たちに挨拶した。きっと院長の医者だろうと思って「いろいろ太宰君がお世話になりました」と挨拶すると、その人が「御退院の由でお目出とうございます。かねがね私は操觚《そうこ》界におきまして、太宰先生と御昵懇《じっこん》に願っておりましたもので、思想的にもまた政見の上でも太宰先生と軌を同じくしておりました」と云った。それで発狂の入院患者だと気がついた。あとで太宰君にきくと、この患者は私たちにそんな妙なことを云いながら、こっそりと密書を太宰君に手渡した。外界と隔離されて手紙を出すことを厳禁されている身の上だから、密書を太宰君に托して投函させたのだ。誰かに助けに来てくれという手紙文だろう。議員の選挙運動に熱中して発狂した人だそうである。

「太宰治年譜」には「退院の夜から筆を執って『二十世紀旗手』と『HUMAN・LOST』を書いた」と云ってある。退院した夜は、そのころの同棲者のいた荻窪の白山神社裏手の光明院裏の下宿に泊り、その翌々日、平野屋酒店の主人に荷物の運搬を頼み、荻窪衛生病院の近くの碧雲荘という下宿に移った。大工の棟梁の経営していた下宿だが、ここの棟梁は不思議に太宰君を親切に扱った。元日とか建前の日には鳶職や大工を集めて催す酒宴に太宰君を床柱の前に坐らせて、太宰君の気ごころをよく呑みこんで「先生、御一筆を願います」と云って揮毫させた。太宰君は調子づいて三枚も五枚も書きなぐり、同棲者をはらはらさせたとその人が云っていた。

太宰君は酔うと揮毫するのが好きであった。そのために私は意外な思いをさせられたことがある。甲府に疎開中、そのころ私も甲府市外に疎開していたが、あるとき甲府の町の人の案内で太宰君と一緒に郊外の川魚料理屋へ行った。街道沿いに、ぽつんと建っている料理屋であった。みんな酒がまわったころ、太宰君が給仕の女中に「揮毫するから、紙と筆を持って来てくれ。大きな紙がいい。色紙も持って来てくれ」と云った。暫くたって女中が唐紙や色紙を何枚も持って来た。筆は新しいのを二本も三本も持って来た。「墨はどうしたのだ、墨を持っておいで」と太宰君が云うと、女中はまた暫くたって新しい墨と汚れた硯を持って来た。太宰君は歌や俳句をいろいろ書きちらし、私にも書けと云ってみんなで寄書きなどもした。私たちは夜になるまで飲んで、さて帰る段になって勘定書を見ると、筆代いくら、墨代いくら、紙代、色紙代、みんな勘定に入れてあった。「ぎゃふん、ですなあ」と案内の人が云った。「案に相違とは、このことだ。しかし、これを取っとけ」と云って、太宰君は気を悪くもしない風で、私たちのお習字を女中さんのために残して来た。せいぜい、連れのものに気拙い思いをさせたくない仕方であった。酔った勢いでお習字を破って来るなんていうことはしないのである。

太宰君は人に恥をかかせないように気をくばる人であった。いつか伊馬君の案内で太宰君と一緒に四万温泉に行き、宿の裏で私は熊笹の竹の子がたくさん生えているのを見て、それを採り集めた。そのころ私は根曲竹と熊笹の竹の子の区別を知らなかったので、太宰君に「この竹の子は、津軽で食べる竹の子だね」と云って採集を手伝ってもらった。太宰君は大儀そうに手伝ってくれた。その竹の子を私はうちに持って来て、根曲竹の竹の子を料理するのと同じやり方で酢味噌で食った。もう十何年も前のことである。ところが一昨々年の六月、私は青森の浅虫温泉というところで太宰君の長兄に会った。たまたま話が食べもののことになって、私は熊笹の竹の子は大変にうまいと云った。太宰君の長兄は、「いや熊笹ではなくて、根曲竹です」と云った。「いや、熊笹でしょう」と云うと、「根曲竹です」と云った。これは私の間違いで、食べるのは根曲竹の竹の子だそうである。道理で、根曲竹をよく知っていた筈の太宰君は、四万温泉で大儀そうに熊笹の竹の子を採る手伝いをしてくれた。「それは食用の竹の子ではない」と云う代りに、のろくさと竹の子狩の仲間になってくれた。こんな心づかいする性質では、私の気のつかなかったことで相当な心づかいをさせていたかもわからない。

ひところ私は将棋に夢中になって、太宰君が来るとすぐ将棋盤を出していた。太宰君は将棋の旗色が悪くなると将棋そのものを否定するように、ろくに考えもしないで、手つきまで投げやりに差していた。しかし、こちらが落手して先方の旗色がよくなると、坐りなおして勢いこんで差した。勝つと、「わッは、わッは……」と大声で笑った。まんざら、いやいやながらのつきあいでもなかったろう。

太宰と料亭「おもだか屋」

一昨年の初夏のことでした。津軽の蟹田町に太宰君の碑が出来て建碑式がありました。はげしい夕立のあった日です。私はその式に出席し、帰りに青森の町のネブタ祭を見て、この町の小館さんという人の案内で料亭「おもだか屋」というのに寄りました。この料理屋には、太宰君が弘前高校三年のころ、土曜日ごとにやって来て泊ったものだそうです。小館さんというのは太宰君の姉さん（死去）の御主人です。

「あのころ太宰は毎週ここにやって来て、半玉時代の初代をここに呼んでいたのです。そのころ、ここにいた女中が今だに一人います。当時、十五か十六でした。この部屋へ呼んでみますか。」

小館さんはそう云って中年の女中を呼びました。気のよさそうな女で、ネブタ祭の夜だから粋な鳴海しぼりを著ていましたが、津軽弁で話すのだから私には半分以上もわからない。小館さんが通訳してくれました。

当時、太宰は「金色夜叉」の間貫一のように、吊鐘マントを羽織って来たそうです。ところが夏休暇が近づいたころにもやはりそんなマントを羽織っていたというのです。ところがここに来ると、女中にあずけている結城の著物と角帯を出して来させ、それに著かえて白足袋をはく。それから、義太夫の女師匠を呼んで稽古をつけてもらい、それが終るころには、半玉の初代さんがやって来る。

「いつも型にはまったように、そういう順序で同じことの繰返しでした。義太夫の師匠が来るのを待っている時間には、映画雑誌をこの女中に見せて映画の話をして聞かせたそうでした。」

小館さんは女中の津軽弁を、そんなように通訳してくれました。

「シュッつぁんは、いい人だったよ、ほんとに。」

と女中は云いました。

そのころ太宰君には葛西という年下の遊び友達がいたそうです。よほど親しい、遠慮のない仲であったと思われます。太宰君は弘前高校を出て東京に来ると、この友達に手紙で極秘の指令を与えたということです。すなわち、先ず第一に、初代さんのいる置屋の人と親しくして、自由に出入り可能の者となるべきこと。次に、初代さんの簞笥《たんす》のなかの著物を少しずつ持出して、その分量の減っただけ簞笥の底に新聞を入れて厚く見せること。持出した著物は「おもだか屋」の豆女中にあずけること。著物をすっかり持出したら、時をうつさず初代さんは東京に逃げて来るべきこと。おそらく置屋の人はすぐに気がついて、東京の然るべき人に電報を打って、上野駅で初代の来着を待受けさせるに違いない。故に、初代は上野駅の一つ手前の赤羽の駅に降りること。その際、太宰は赤羽の駅に初代を出迎える。

無論、初代さんもその意を含んでいたことで、この指令は葛西によって着々と実行にうつされました。簞笥のなかが著物一枚だけで底は新聞紙ばかりになったとき、初代さんは青森を出発し、首尾よく赤羽の駅で太宰に迎えられました。しかるに当日は国勢調査の日に当るので、役員に調べられるのを避けるため、太宰は初代さんを連れてタクシーで東京の街を夜ふけまで乗りまわし、刻限の零時すぎてから五反田の下宿に着いたということです。

初代さんの著物はどうなったか私は聞きませんでしたが、その後いろいろ紆余曲折のあった末に太宰と初代さんは世帯を持ったのでたぶん無事に東京へ送り届けられたことでしょう。

太宰君はお洒落でしたが所有慾という点では至って恬淡でした。初代さんと泣きの涙で分れるときも、身の廻りの品から道具類に至るまで、すっかり初代さんに渡しました。

それらの品物は暫く私のうちの物置部屋にあずかって、後から初代さんが処分したのですが、太宰君の火鉢と初代さんの琴は今だに私のうちにあずかっています。

いつか小館さんにその琴の話をすると、

「あの琴なら、私の家内が初代の結婚祝いに贈った琴です。もともと私の家内が、太宰のうちから嫁入って来るとき持って来た琴なんです。」

感慨ありげにそう云ったことでした。

一昨年、青森で初代さんのお母さんにその話をすると、

「初代の遺品と思って、お宅でお使い下さい。うちにはもう琴を弾く者はおりません。」

と淋しそうに云いました。しかし、私のうちにも琴を弾く者はおりません。うちでも持てあましている琴なのです。

琴の記

私のうちには、琴、三味線を弾くものは一人もない。しかるに、昭和十二年の初夏から去年の十二月下旬まで、朱色の袋に入れた山田流の琴が一面あった。その附属品として、琴爪を入れた桐の小箱もあった。

この琴は、太宰治君の先の細君が(初代さんという名前だが)太宰君から離別された直後、いろんな家財道具と共に私のうちに預けておいたものである。当時、初代さんは青森県の浅虫の生家へ引きとってもらう話をつける間、私のうちへ一箇月あまり泊って待機していた。離別された事情が事情だから、初代さんは生家へ引きとってもらえないかもしれぬという不安があって、はたの見る目もあわれなほど途方に暮れていた。茶の間の濡縁に私の家内と並んで腰をかけ、涙をぽたぽたこぼしているのを見たことがある。

太宰君は初代さんに離別を云い渡したとき、家財道具いっさい初代さんに遣ってしまった。理由は、初代の不快な記憶のつきまとうがらくたは見るのもいやだからというのであった。そこで太宰君自身はどうかというに、自分の夜具と机と電気スタンドと洗面道具だけ持って、私のうちの近くの下宿に移って来た。着のみ着のままであった。

太宰君は衣裳道楽の男だが、着物は洗いざらい質に入れていた。初代さんの衣裳も殆どみんな質に入れていた。だから初代さんは離別された後、自分の着物を流さないようにするために、家財道具の一部を古物屋に売って質屋の利息を工面した。

太宰君は初代さんが私のうちにいる間にも、たびたび私のうちへ将棋を指しに来た。そのつど初代さんは茶の間か台所にかくれたが、書斎と居間を兼ねた私の部屋は台所と壁一重で隣である。私のうちは建坪が少くて、茶の間から便所へ行くには私の居間につづく廊下を通らなければならないので、初代さんは便所へ行きたくても我慢しなければならないことになる。だから私は将棋は一番だけにして太宰を誘って外出する。外出してから一緒に飲むようなことがあると、太宰の上機嫌になっているところを見はからって、どうだ君、初代さんとよりを戻す気はないかと云う。すると太宰は、居直ったかのように、きっとして、その話だけは絶対にお断りしたいと、きっぱりした口をきく。そんなことが二度か三度かあったと思う。そのくせ彼は、別れた女房が万一にも短気を起しはせぬかと、はらはらしているようなところがあった。

そのうちに初代さんが生家へ引きとられて行くことになると、夜具蒲団や質請けした衣裳などをまとめて通運に頼み、私のうちを出発するときには火鉢と米櫃を私の家内に生き形見として置いた。それから、朱色の袋に入っている琴を、これは私のうちの当時六つか七つになる女の子に、いずれ琴を習う日が来るだろうから預けておくと云って残して行った。

私のうちでは火鉢と米櫃は時に応じて使ったが、琴は物置部屋に入れたきりにしておいた。米櫃は二斗入りで特製品と見え、何という塗料か透漆《すきうるし》を塗ったような感じに外観が仕上げられていた。贅沢だが、見た目に気持がいい。私はその米櫃が気に入ったので、やがて戦争になって甲府へ疎開するときにもこれは疎開荷物の一つとした。火鉢や琴は物置部屋に残しておいた。

初代さんは私たちの疎開する半年ほど前に、不意に私のうちへやって来て、大陸の青《チン》島《タオ》からの帰りだと云った。私たち夫妻はびっくりした。そのとき初代さんは一週間ばかり私のうちへ泊って浅虫の生家へ帰ったが、一箇月ばかりたつとまたやって来て、これからまた青島へ行くところだと云った。私と家内が共々に、そんな無謀は止しなさいと引きとめると、止そうかどうしようかと迷いながら私のうちに一週間あまり泊って考えこんでいた。私たちが何と云っても塞ぎこんでいるばかりで張合がなかった。とうとう初代さんは青島へ出かけて行った。よくよくの事情があったのだろう。私たちが甲府に疎開してしばらくすると、青島で初代さんが亡くなったと浅虫のお母さんから知らせて来た。

私たち一家は甲府が空襲で焼けた翌々日、日下部の駅から乗車して広島県の私の生家に再疎開した。私たちは、ここに二年半ほどいて東京に帰って来た。物置部屋に立てかけておいた琴はちっとも鼠の害をうけていなかった。朱色の袋も安全で、糸一本も食いきられていなかった。

その翌々年であったか、私は十和田湖へ行ったついでに浅虫に寄って初代さんの生家を訪れた。故人の法事をするから、青森に来たら寄ってくれという通知を受けたからである。私は初代さんの法事だとばかり思って二階の座敷にあがったが、お供物を並べた仏壇に飾ってある大型の写真は、意外にも太宰治の肖像であった。

「なるほど、そうだったのか。」

私は焼香する前にそう思った。

「しかし、なぜそれならば、初代さんの法事も一緒にしないんだろう。」

焼香した後で、傍を見ると、初代さんの写真が目についた。しかも、それが座敷の隅の簞笥の上に、いかにも遠慮がちに片隅へ寄せて写真たてに入れてある。太宰の法事を、写真の初代さんに、人しれずお相伴させてやろうというお母さんの心づかいであったろう。人なつこくて、しかし遠慮がちなところが、お母さんも初代さんにそっくりではないか。

私は元の座に戻ると、感傷を抜きにする意味でお母さんに云った。

「太宰は生前、人なつこいという言葉を、人なッこいと云ってましたね、学生時代からずっとそうでしたね。」

「わたくし、よく覚えませんですが、そうでしたかしら。」

「いや、戦後はどうか知りませんが、甲府へ疎開していたころまでは、ずっとそう云ってました。人なッこい、ハチヨは人なッこい。そう云ってましたね。」

それにしても、私たちが琴を返すまで初代さんが生きていてくれたらよかったのだ。

私は未だに琴を預かったままにしていることを話した。すると、お母さんは掠れ声で云った。

「うちには、もう琴を弾くものは一人もおりません。お宅で弾いて下さい。初代の形見と思って。」

琴を貰うのは結構だが、私のうちにも琴を弾くものはいないので、貰ってしまったつもりになると場所ふさぎである。自然、誰ぞに貰ってもらいたくなって来る。その後、また青森へ行ったとき、太宰の亡くなった姉さんの御主人に聞くと（この人は保さんという名前だが）保さんがこう云った。

「あれは、私の家内が太宰のうちから嫁に来るとき、嫁入道具として持って来た琴でした。そのときには新しかったんですが、それを初代が太宰と結婚するとき、私のうちから贈ってやりました。もう古色を帯びているでしょう。」

保さんは年が私より四つ五つ上だから、約四十年あまり前に結婚している筈だ。そのころ新調の琴だとすると、太宰の生家が盛大を極めていた当時の注文品と見てよろしい。よく鳴る琴に違いない。私は誰かにその琴を貰ってもらうにしても、滅多な人に渡してはならぬと思った。

その後、琴のことは忘れるともなく忘れていた。すると、去年の十二月二十八日の夜、太宰君の短篇「盲人独笑」の材料のことやその他の用件で、古川太郎さんが私のうちへ見えた。「盲人独笑」は江戸末期の琴の名人、葛原勾当の日誌によって書かれているが、この勾当さんは私の郷里の隣村の人で、童謡作家葛原しげるさんの祖父である。古川さんは葛原しげるさんと知りあいで、また太宰君とも深交があったので、その関係で私も古川さんを知っている。この人は生田流の琴の先生である。作曲もするし、レコード会社の専属にもなっている。私は琴の勾当さんのことを話しているうちに、初代さんの琴のことを思い出した。

さっそくその琴を出して来て、どうしてこんなものが家にあるか由来を話し、鳴る音の鑑定を古川さんに頼んだ。もし古川さんが音を認めたら、古川さんに貰ってもらおうと思った。私には音楽はちっともわからないが、当今の箏曲家のうち、古川さんのところにこの琴が行けばぴったりだと思った。琴も人も共に太宰君と深い縁を持っている。

古川さんは先ず琴爪を見て、「この爪は生田流ですが、琴は山田流です」と云った。これは幸先よくないのではなかろうかと思った。次は、琴柱《ことじ》に絃を乗せながら、

「この糸を乗せる部分、岩越《いわこす》が象牙で、こんな風に足が紫檀になっているのは、全部象牙のものより値段が高いんです。こうして、この捩子《ねじ》をゆるめて弾くと、こんな音がします。」

古川さんはちょっと岩越の捩子をゆるめて、それに乗っている絃を指で二つ三つ弾いてみせた。何だか瞽女声《ごぜごえ》を偲ばせるような音がした。私は琴柱が讃められたのか貶されたのか判断に迷ったが、まさか値段が高くて品物が悪いということはないだろうと思った。

琴柱を立て終ると、古川さんは調子を合わせながら云った。

「絃が古びていますね。四十年、四十五年ぐらい前の絃でしょう。ちょうどこのくらい古くなっていると、音に味わいが出て来ます。部屋も、このくらいの広さがよろしいで

す。いい音です。」

それでいいのだ、と私は思った。

古川さんは床の間を背にして琴に向っていた。その床の間に掛軸が懸っていないことに私は気がついて、部屋の隅に坐っていた家内に何か在りあわせのものをそこに掛けるように云った。家内は新しい表装の一幅を持って来て掛けた。一昨年、三好達治に二行詩を書いてもらった半折である。

太郎をねむらせ太郎の屋根に雪ふりつむ
次郎をねむらせ次郎の屋根に雪ふりつむ
三 好 達 治

古川さんは床の間の方をちょっと見たが、琴の方に向きなおると、「太郎をねむらせ……」と、いきなり大きな声で歌い出した。同時に琴の伴奏をつづけて行った。前奏曲はなくて、突如、歌声と同時に合わせる琴の音である。よく響く声で感慨を催させられる。

「……太郎の屋根に、雪ふりつむ」

ここで歌声がしばらく途絶え、切迫した感じの琴の音が、しんしんと雪の降りつもる気配を出す。

つづいて「次郎の屋根に、雪ふりつむ」で、またしんしんと雪が降りつもる。感じとしては、雪は五寸ぐらいも降りつもったろうか。

たぶん古川さんは、もうとっくの昔にこの詩の作曲をして、何度も演奏したことがあるのだろう。しかし家内が三好君の半折を掛けたのは偶然であった。

私は古川さんに一ぷくしてもらうために、家内にお茶を入れさせた。そこへ講談社の川島君が来たので古川さんに紹介した。

古川さんはお茶を飲み終ると、また琴のそばに行って、今度は私の訳詩「このさかずきをうけてくれ、どうぞなみなみつがしておくれ……」というのを弾いた。すると川島君が、何かもう一曲お願いしたいというような口吻を見せたので、

「いや、それはいけない。君、そういうお願いは、遠慮しなくちゃ失礼だと思うね。そういうお願いは、今ここで君に、たとえば校正するところを見せてくれ、というようなものじゃないかね。」

私が下心をもってそう云うと、

「ほんと、そうですね。そうです、そうです。」

と川島君も、たしかに作意を含めて頷いた。

するとと古川さんは、ちょっと絃の調子を合わせ、今度は古曲の「千鳥の曲」を弾きはじめた。私のうちのものや、家内を訪ねて来ていた客人は、そっと隣の部屋に来て盗み聞きをしているようであった。その曲が終ると、私は古川さんに琴を貰ってもらうように頼んだ。家内も私に同調して頼んだ。古川さんはその話をそらして、

「私がこの琴の調子を合わせておきますから、風の吹く日に、窓のそばへ立てかけておかれるとよろしいです。松籟《しょうらい》なんかとまた違って、微かに、いい音が湧きますから。」

そう云ったが、繰返しの押問答を避けて潔く持って行ってくれることになった。琴は自動車のなかにちょうどうまく入った。

後で寝床に入る前に大百科事典を引いてみると、琴爪なしに指で弾奏することは搊箏《すうそう》というのだとわかった。

「さっきの雪のつもるところは、実際に雪がつもっているようだったね。朝、雪の降っているとき目をさますと、雪のにおいがするね。あの感じだ。」

私がそう云うと、

「三好さんは、あの作曲が出来ているのを知ってらっしゃるのでしょうか。」

と家内が云った。

後記——初代さんの残して行った火鉢は、後になって浦和の田代継男君に提供した。

太宰治と文治さん

今年の春、太宰君の長兄にあたる津軽の津島文治さんが亡くなった。

文治さんは戦前には二百町歩の地主だったが、結婚してからは奥さんの料理したものか、または自分で調えたもの以外には箸をつけなかった。いっこくな人である。最晩年、議員官舎にいるときには、インスタント食品かパンに紅茶といったようなものを食べていた。結局、栄養失調で亡くなったという。参議院議員として役職にもついていたし、忙しすぎたのも体調の悪化に関係があったろう。

今度、「津島文治氏追悼集」が出るについて、私は左記のような話を回想記として書いた。

私が文治さんと初めて会談したのは、太宰君が江古田の武蔵野病院を退院する前日であった。場所は神田の関根屋という旅館の一室で、津軽五所川原の中畑慶吉氏と東京品川の北芳四郎氏が立合人として文治さんの左右にいた。今、「新日本文学全集」の年譜を見ると、太宰君が武蔵野病院を退院したのは昭和十一年十一月十二日と記されている。三十七年前になるわけだ。

そのとき文治さんは「舎弟の無軌道ぶりには困ります」と云って、相当くたぶれたような様子であった。私はどう執りなしていいかわからなかったが、文治さんの顔をつくづく見て、「この人の顔は、学生時代に毎日のように見た顔だ」と気がついた。早稲田に行っていた頃のこと、文学部の私たちのクラスの本教室は裏門のわきの第二十四番教室で、その隣が商学部の学生の本教室であった。休憩時間になると、文学部の学生と商学部の学生が肩をならべて廊下をどやどや出て行くが、私はこの廊下で商学部の印象深い顔つきの一人の学生をよく見かけた。端正な顔である。コバルト色の明るい感じの制服を着けていた。

当時、学生はたいてい濃い紺色の制服を着ているか和服に袴かどちらかであるが、二百人に一人または三百人に一人ぐらい、コバルト色の制服を着ているのがあった。流行の先端を行くぱっとした色だから目につき易い。しかもその商学部の学生は色白で頰が林檎のように赤いので、東北地方の地主の家の生れだろうと察しがついた。

往年のこの学生が、津軽の津島文治さんであったことがわかった。文治さん自身も、かつて商学部の学生で裏門のわきの教室を本拠にしていたことと、コバルト色の制服を着ていたことは確かだと云った。あとでまたわかったが、その制服は品川で洋服屋をしている北芳四郎氏が調製したものであったという。これもまたあとでわかったことだが、文治さんは学校を卒業してからも北さん以外の洋服屋の仕立てた背広は絶対に着なかったそうだ。洋服の好みにまで、いっこくを通したわけだ。北さんは文治さんの体の寸法だけでなく気分までも呑込んでいたようだ。

関根屋での会談には紆余曲折があった。文治さんは太宰君が退院したら津軽で食用羊の牧場のお守をさせると云い、津島家の番頭役であった北さんと中畑さんは、太宰君を湘南地方の内科専門の病院に移して静養させるべきだと云った。会談は緊張裡に行われた。文治さんは舎弟に健康な生活をさせるためには、津軽に引籠らせて田園に親しむようにさせなくてはいけないと云った。私は太宰君には東京で小説を書かせるようにさせるべきだと云って、今後とも文治さんからの仕送りをつづけてもらうように頼んだ。結局、会談は有耶無耶に終った。

その翌日、私は武蔵野病院に行き、畳敷きの病室で太宰君と文治さんとの対面の場に立合った。この兄弟は事情あって果無《はかな》い関係になっていたが、何年ぶりかで顔を合せたので、太宰君は亡父に巡りあったような気がすると云って涙をこぼした。さっと泣き、さっと泣き止んだ。たまたま、そこへ仙台平の袴をはいた病院長のような人が入って来たので、文治さんが「私、津島修治の兄です」と自己紹介して「舎弟がいろいろとお世話になりまして、有難うございます」と頭を下げた。すると院長のような人は「私は太宰先生と御懇意に願っているものです。かねて太宰先生とは操觚界におきまして、意見を同一にしているものであります」と云った。これでもう院長ではなくて、太宰君と同じ病棟に入っている精神病患者とわかった。文治さんはふと気を変えたように坐りなおし、太宰君に東京で小説を書いても差支えないと手短かに云い、「それでは、毎月七十円ずつ送る」と云った。太宰君は言下に「九十円」と云った。文治さんは「では、九十円。しかし一度に送ると、一度に遣ってしまうから、月三回に分けて送る。それも直接には送らぬ。中畑から井伏さんに送らせて、井伏さんからお前に渡してもらう形式にする」と云った。

さすがに物のわかった人だと思った。それにしても文治さんが「七十円」と云うと、すかさず「九十円」と云った太宰君の気のきいたねだりかたに私は舌を巻いた。そのころ文学青年は月三十円もあれば充分に暮して行けた。

爾来、月に三回ずつ津軽の中畑さんから拙宅気附で太宰君に為替が来て、そのつど太宰君が私のうちへ受取りに来た。毎月一日、十日、二十日と来るが、津軽からは一度だって日限を後らしたことがなく、また一度だって太宰君が日限を後れて受取りに来たことはない。私のうちでは家内がその取次の衝に当り、太宰君が旅行中のときには家内が電報為替に組んで旅行先の旅館気附で送っていた。

津軽からの送金は蜿蜒《えんえん》と続いた。太宰君が新進作家になって三鷹に所帯を持ってからも送金は続き、そんなわけで太宰君の奥さんが赤んぼを背負って受取りに来るようになり、つづいて幼児の手を曳いて受取りに来るようになった。もう送る必要もなく、貰う必要もなくなったのに、まだ送り続けて来る。律義であるということも、度を越えると依怙地だと気をまわしたくなって来る。そんな思いで取次をするのは私は御免だから、中畑さんが私のうちに来たとき、この次からは太宰君に直接送金するようにしてくれと云って取次役を断わった。

太宰君の亡くなったあとで未亡人から聞くと、戦争で太宰君が甲府に疎開して津軽に再疎開するまで送金が続いていたそうだ。太宰君は「富嶽百景」「東京八景」「走れメロス」「駈込み訴え」「竹青」「お伽草紙」など、評判になる作品を発表し、もうとっくに流行作家になっていたが、いっこくで律義な文治さんとしては、兄弟の間でも約束は約束だからという気持であったのだろう。

太宰夫人の話では、戦争が終って津軽から東京に転入するとき、いざ出発という間際に文治さんが無言のまま、そっと太宰君の手に九十円渡したそうだ。そのころではもう原稿料の一枚ぶんにも及ばない額である。

「それで太宰君は、その金をどうしました」と訊くと、「にやにや笑いながら、兄さんに返しました」という答であった。律義者と律義者は、ここらでやっと一段落ついたような気持になったのではないかと思う。

これは余談だが、武蔵野病院で仙台平の袴をはいて現われた狂人は、私の知らない間に密書を太宰君に渡したそうだ。監禁された身で外部との文通を遮断されているため、退院して行く太宰君に投函させたのだ。狂人の早技である。

II

あの頃の太宰君

太宰君が船橋にいた当時、私にくれた長文の手紙に次のような箇所がある。小説家として認められる以前の太宰君の気持がよく現われている。

――私、世の中を、いや四五の仲間を、にぎやかに派手にするために、しし食ったふりをして、そうして、しし食ったむくい、苛烈のむくい受けています。食わない、ししのために。

――五年、十年後、死後のことも思い、一言、意識しながらの、いつわり申したことございませぬ。

――ドンキホーテ。ふまれても、蹴られても、どこかに、ささやかな痩せた「青い鳥」いると、信じて、どうしても、傷ついた理想、捨てられませぬ。

――小説かきたくて、うずうずしていながら註文ない。およそ信じられぬ現実。「裏の裏」などの註文、まさしく慈雨の思い。（註――朝日新聞に書いた随筆）かいて、幾度となく、むだ足、そうして、原稿つきかえされた。――ひと一人、みとめられることの大事業なるを思い、今宵、千万の思い、黙して（中略）臥します。

――昨夜、私、上京中に、わがや泥棒はいりました。ぶどう酒一本ぬすんだきりで、それも、そのぶどう酒、半分のこして帰ったとか。きょう、どろの足跡、親密の思いで眺めています。（中略）

――信じて下さい。

――自殺して、「それくらいのことだったら、ちょっと耳うちしてくれたら」という、あの残念のこしたくなく、その、ちょっと耳打ちの言葉。このごろの私の言葉、すべてそのつもりなのでございます。（後略）

いま一つそのころの手紙がある。

（前略）なおるかどうか（註――病気）「なおらぬ」というのは、「死ぬ」の同義語です。いのち惜しからねども、私、いい作家だったのになあ、と思います。今年（註――昭和十一年）十一月までの命、いい腕、けさも、つくづくわが手を見つめました。（中略）私、死にます。目のまえで腹掻き切って見せなければ、人々、私の誠実、信じない。（中略）誰も遊んでくれない。人らしいつき合いがない。半狂人のあつかい。二十八歳、私に、どんないいことがあったろう。了ねん尼（この名、正確でない）わが顔に焼ごて、あてて、梅干づらになって、やっと世の中から、ゆるされた。了然尼様が罪は――ただ――美貌。（中略）自分でいうのも、おかしく、けれども「私、ちいさい頃から、できすぎた子でした。一切の不幸は、そこから。」（中略）私の「作品」又は「行動」わざと恥かしいバカなことを選んで来ました。小説でも書かなければ仕様がない境地へ押しこめるために。（後略）

以上は、太宰君が麻薬の注射で衰弱し、しかも麻薬を買うため金策に日を送っていたころの手紙だが、せっぱ詰まって日頃の本音を吐いているものと解したい。かなり正面きったような言葉でありながら、普段の太宰君の人がらと対照して不自然なものとは思われない。常の気性を自分で語っているものと思いたい。

私は太宰君の幼少年の頃のことは知らないが、初期の「思い出」という作品が事実ありのままの記録だと小館保さんという人が云っている。小館さんは子供のころ殆ど太宰君と一緒に暮して来た人だそうである。私が太宰君に初めて会ったのは昭和五年か六年頃のことで、太宰君が大学にはいった年の初夏であった。私に手紙をよこし、会ってくれなければ自殺すると私を威かくして、私たちの「作品社」の事務所へ私を訪ねて来た。ふところから短篇を二つ取出して、いま読んでくれと云うので読んでみると、そのころ私と中村正常が合作で「婦人サロン」に連載していた「ペソコ・ユマ吉」という読物に似た原稿であった。「これは君、よくない傾向だ。もし小説を書くつもりなら、つまらないものを読んではいけない。古典を読まなくっちゃいけない」と私は注意した。外国語が得意なのかと訊くと、一向に駄目だと答えるので、それでは飜訳でプーシキンを読めと勧めた。それから漢詩とプルーストを読めと勧めた。そのころ私は「オネーギン」を読みかけていたが、三分の一も読まないで止していた。また漢詩やプルーストを読もうと思っていたが、漢詩は二頁か三頁か読み、プルーストも五頁か六頁を読むだけで投げだしていた。自分で読もうとして読まなかったので他人に勧めてみたわけである。そう云う当人の私は、とうとうプルーストもプーシキンも読まなかったが、太宰君は「オネーギン」を読んですっかり魅了され、再読三読した後で「思い出」の執筆に取りかかった。それと並行して月に二篇か三篇の割で短篇の習作をした。

「思い出」は三光町にいるとき書きはじめ、天沼に移ってから脱稿した。天沼の家は私の家と近いので、太宰君はよく将棋を指しに来るようになった。私もよく訪ねて行って将棋を指した。しかし太宰君は大して将棋は好きではない。好きなのは小説を書くことである。小説に憑かれたようなものであった。いつ訪ねて行っても、小説を読むか書くかしているところのような気配であった。将棋は、おつきあいで指すのである。しかし棋力は急速に進歩した。初めのうち、私が角落ちで手易く勝てたのに、太宰君が大学を止すころには平手で私の負けになるようなこともあった。尤も太宰君は大学に六年いた。しかし殆ど教室には出なかったので、卒業の口答試問のときに教師の名前を問われても返答することができなかった。これは太宰君の主任教授であった辰野さんから聞いた話である。

「ダス・ゲマイネ」の頃

「ダス・ゲマイネ」は、太宰君が盲腸手術をした直後に書いた作品で、ほかにもまだこの頃の作品があるかもしれないが、とにかく学校を止してからいろいろの事件があって動揺していた一期間の初期の作品である。太宰君は在学中も登校することは珍しいようなものであったので、学校を止してからも傍目には別に生活の変化は見えなかったが、薬品中毒のために惨憺《さんたん》たる苦しみをしていた一期間があった。

薬品中毒といっても、「ダス・ゲマイネ」を書いたころは、どの程度の症状であったか私にはわからない。病院で盲腸の手術をした後、注射の副作用から中毒症状になった。私に某病院の勘定書を見せてくれた北芳四郎氏は、パントポンの注射回数が余りに多いのを指摘して、「どうも腑に落ちません。なぜ、こんなにたくさん注射するんでしょう」と云っていた。しかしそれは後日、太宰君のパビナールによる中毒症状が悪化して、江古田病院へ無理にも入院させようと私と相談したときのことであった。北さんは太宰君の郷里の長兄の知りあいで、東京における津島家の番頭役のようなことを引受けていて、一方また太宰君の監督係に該当する立場にあった人である。だから太宰君に関しては物ごとをはっきりさせておく必要から、すこしは苦情も云うつもりで某病院へ真相を糺《ただ》しに行った。病院側では太宰君が切開の疵を痛い痛いと云って、果ては藪医者と大きな声を出し、痛みをおさえる注射を要求するので応じたと北さんに弁明したそうである。しかし私も腑に落ちないことだと思ったので、太宰君入院中の附添をしていた初代さんに訊くと、藪医者と津島が大きな声を出したのは事実であって、その声が隣りの病室にきこえるかと随分はらはらさせられたということであった。いずれにしても、勘定書で見るパントポンの使用回数は相当なものであった。

盲腸の手術後、太宰君はその病院に一箇月ぐらい入院していたろうか。二十日ぐらいであったかもわからない。よく覚えない。手術後は面会謝絶の日が可成り続いていた。退院すると、健康の恢復につとめるということで世田谷の経堂病院に入院した。後で初代さんにきくと、このときにはもうパントポンの副作用で中毒して、入院したのはそれを治すためもあったという。この経堂病院で太宰君は「ダス・ゲマイネ」を書いた。私は雑誌に発表されたのを見て、なぜドイツ語の題をつけたんだろう、妙なハイカラな題をつけたものだと思った。それで太宰君に、本にするときには題を変えるんだろうと訊くと、いや絶対に変えるつもりはないと意外にも逞《たくま》しい口吻で云った。正しくはドイツ語で何という意味かと訊いても苦笑いするだけであった。ちょうどその場に伊馬春部君もいたが、後に太宰君が亡くなってから伊馬君が、あのとき「ダス・ゲマイネ」の題の話が出たときには、太宰は妙に頑固でしたね、意味を訊いても云わないしと思い出を語った。先年、私は津軽へ行き、はじめてそれは津軽の言葉にも通じていることを知った。津軽弁で「ン・ダスケ・マイネ」と云えば「だから駄目」または「だから嫌や」という意味だそうだ。それにしても、なぜ太宰君はそれを説き明かさなかったのだろう。あのとき苦笑していたと見えたのは別種の笑いであったかもわからない。北さんもあの題が津軽弁に関係があるとは知らなかったようである。

近年、北さんには私は桜桃忌のときに会うだけだが、会うたびに目立って老けている。先方でも私のことをそう思っているだろう。今年の桜桃忌には北さんも何だか淋しそうに廊下に坐っていた。初めて「晩年」が出たころには、太宰君に対して北さんは大変な力こぶの入れかたをして元気であった。「帰去来」「故郷」には北さんの面目が躍如と出ているが、太宰君としては手ざわりよく半面図を書いたつもりだろう。普段、太宰君は人とつきあうとき、少々の無理はしても明るく手ざわりよく対していた。心の重荷は出来るだけ我慢して人に見せなかった。やがてその鬱憤は「ダス・ゲマイネ」のような形で出ることもある。「人間失格」などはその尤なるものだと思う。いずれも当人が非常に動揺していたときの作品である。

御坂峠にいた頃のこと

この太宰治全集第三巻には、太宰君が甲府の町を引きあげて東京の三鷹に移って来た直後のころの作品が主に集録されている。そのころの太宰君の日常の気分を窺うには「東京八景」を参考にすれば良いと私は思っている。傍目には実に張りきって独創的な作品を書き残して置こうと念じているようであった。

「東京八景」と初期の「思い出」は、太宰君の自伝的作品という意味で、いわば対幅のようなものである。私は「思い出」に扱われている時代の太宰君のことは知らないが、太宰君の幼な友達の小館保さんに聞くと、「太宰は子供のときのことを、そっくりそのまま書いている。ちょうど、あの通りであったと思ってもいいだろう」ということであった。

「東京八景」も、私の知る限りでは、小細工を抜きにして在りのままに書かれている。この作品を読むと、東京に出て来てから約十年間の太宰君の経歴が一望である。年譜や解説を見るまでもない。太宰君は何かの事情で思いを新たにするごとに、自分の年譜と解説を兼ねたような力作を書いている。かつて太宰君の実兄津島文治氏は、太宰君のこの種類の作品について、「あまり自分のことばかり書くと、魔がさすものだ。気をつけなくっちゃいけない」と云ったそうである。

「思い出」を書き「東京八景」を書くまでには、数年の歳月が経っている。この間に太宰君は、これと一聯の作品では「虚構の彷徨」と「富嶽百景」を書いている。いずれも可成り在りのままに書いてある作品だが、「富嶽百景」については一箇所だけ私の訂正を求めたい描写がある。それは私が三ツ峠の頂上の霧のなかで、浮かぬ顔をして放屁したという描写である。私は太宰君と一緒に三ツ峠に登ったが放屁した覚えはない。それで太宰君が私のうちに来たとき抗議を申し込むと、「いや放屁なさいました」と噴き出して、「あのとき、二つ放屁なさいました」と、故意に敬語をつかうことによって真実味を持たそうとした。ここに彼の描写力の一端が窺われ、人を退屈させないように気をつかう彼の社交性も出ているが、私は当事者として事実を知っているのだからこのトリックには掛からない。「しかし、もう書いたものなら仕様がない」と私が諦めると、「いや、あのとき三つ放屁なさいました。山小屋の爺さんが、くすッと笑いました」と、また描写力の一端を見せた。一事が万事ということがある。

しかし山小屋の爺さんは当時八十何歳の老齢であった。三ッ峠には山小屋が三軒あって、「鬚の爺さんの山小屋」と云えば、登山家ならたいていの人が知っている。三軒のうちの一ばん奥の小屋の爺さんで、そのころ御坂峠で私たちの泊っていた天下茶屋の、おかみさんのおじいさんに当る人である。だから鬚の爺さんは太宰君の著ていたドテラを一とめ見て、「御坂峠の茶屋の先生ですか」と云ってお茶を出してくれた。爺さんの連添いは、壁に掛けてあった富士山の写真を取りはずして来て、それを崖の端の岩に立てかけた。このとき私が放屁したと太宰君は書いている。しかし鬚の爺さんは八十幾歳で耳が全然きこえない。くすッと笑う筈がない。

当時、私は「山上日記」と題する日記を書いていたが、無くしてしまったので大体のことしか思い出せぬ。いま、私と私の家内の記憶を二つ合せて云うと、あのころ私たち夫婦は御坂峠の茶店に泊っていた。そこへ朝鮮の釣師の杣友君という人が来て隣の部屋に逗留し、つづいて太宰君が東京の下宿生活を切りあげて来て端の部屋に住むことになった。杣友君は将棋を指していて、ちょっと座を立ったとき階段から落ちて尾骶骨を打ったので寝たきりになっていた。私は太宰君に煙霞療養というのを勧め、まだ栗拾いには早かったが坂を下って塔の木という一軒屋しかないところへ栗を採りに連れて行った。太宰君は山川草木には何等の興味も持たない風で、しょんぼりとしてついて来た。ちょうど「富嶽百景」で私のことを云っているように、いかにも、つまらなそうであった。茶店のお爺さんが（当時は丈夫だったので）どっさり茸を採って来ても、太宰君は茸の名前さえたずねようともしなかった。御坂峠には色々の茸が出る。シイタケ、コウタケ、クリタケ、マイタケ、ユーレイタケ、シメジ、ネズミタケなど。ユーレイタケは大きさも形もフットボールにそっくりで、色は純白で白い毛が生えている。これは山楓の太枝に垂れている。太宰君はこの珍奇な茸を見せられても、口もきかないで悄然と土間に立っているだけであった。江古田の病院を出てからの東京の生活が、よほどに太宰君を疲れさせていたことがわかる。太宰君を江古田の脳病院へ入れる手続をして、身元引受人になったのは私だから、おそらく入院中は私を恨んだことだろう。そうして病院から出て来ると、「東京八景」その他の作品に書いてあるような事件が続いて起った。山に来てもしょんぼりしていたのは無理もない。それが打って変って「強く、孤高でありたい」と手紙に書くようになったのは、ときどき甲府の町へ降りて当時の婚約の相手から力づけられていた故だろう。それ以外の理由は私には思い当らない。

「懶惰の歌留多」について

太宰君の「東京八景」に次のような一節がある。

「私は毎夜、眠られなかった。安い酒を飲んだ。痰が、やたらに出た。病気かも知れぬと思うのだが、私は、それどころでは無かった。早く、あの、紙袋の中の作品集を纏めあげたかった。身勝手な、いい気な考えであろうが、私はそれを、皆へのお詫びとして残したかった。私に出来る精一ぱいの事であった。そのとしの晩秋に、私は、どうやら書き上げた。二十数篇の中、十四篇だけを選び出し、あとの作品は、書き損じの原稿と共に焼き捨てた。行李一杯ぶんは充分にあった。庭に持ち出して、きれいに燃やした。」

この文章のうち、「あの、紙袋」というのは、習作または日記風の原稿を入れる大きなハトロン紙の袋である。太宰君はこれを「倉庫」と云っていた。学生時代の何年間かに積もり積もって可成りの分量に及んでいた。それを庭に持ち出して衝動的に焼いたのは、「晩年」に収めてある「ロマネスク」を書き終った後だと思われる。「東京八景」に

「そのとしの春に、一丁目の市場の裏に居を移した。（中略）そのとしの晩秋に、私は、どうやら書き上げた」と書いている。また、田中英光編纂の太宰治年譜には「昭和九年、二十六歳。春、飛島氏と共に天沼一丁目に移った。（中略）夏、伊豆三島に行って、『ロマネスク』を書いた」と云ってある。両者、喰い違いがない。

　太宰君は「ロマネスク」を書いた後に、「倉庫」の中味を庭に持ち出して焼きすてたとする。しかしマッチをする前に、幾らか未練があって三篇か四篇かの習作を取りあげたのではないだろうか。それを後日、また新しい「倉庫」に入れた小品と共に纏めたものが「懶惰《らんだ》の歌留多」ではないだろうか。太宰君が荻窪の鎌滝という下宿屋にいた当時、最近どんな小説を書いているのかと私が聞くと、いろは歌留多を書いていると云ったことがある。それも妙に云いにくそうに、いろは順に小見出しをつけて小品を書いていると云っていた。いま「懶惰の歌留多」と「ロマネスク」とを読みくらべてみて、「**と**、とてもこの世は、みな地獄」、「**ぬ**、沼の狐火」などは、古い「倉庫」に入れていたものではないかと思う。「**に**、憎まれて憎まれて強くなる」は、「いろは歌留多」を書こうと思いついてから書いた小品だろう。「**ち**、畜生のかなしさ」は、甲府に新居を持ってから書いたものだろう。甲府城址へ太宰君と一緒にのぼったとき、「城というものは、廃墟になってから美しいように設計したものだ」と太宰君が、思いつきのように云ったのを聞いた。書いてしまった後で思いつきのように云うわけはない。いずれにしても「懶惰の歌留多」は、鎌滝にいたころ部分的に書いたものと、後日、甲府に新世帯を持った直後に書いたものとの組合せだろう。私のこの推定には尚お検討の余地がある。しかし大まかに云ってそんな見当ではないかと思っている。

これで見ても、太宰君は自分の書いたものを至って大事にしていたことがわかる。人が認めてくれなくても、「いい腕、けさも、つくづくわが手を見つめました」と手紙に書いてよこした作家である。書いた以上は粗末にしない。気魄の問題である。私は前号の月報にこれを書きもらした。

「懶惰の歌留多」は太宰君の代表作とは云われないが、形式に対して敏感である特長が各章ごとに現われている。「に、憎まれて憎まれて強くなる」という章にも、「もちろん私は（中略）既成の小説の作法も、ちゃんと抜からずマスタアしている筈である。現に、この小説の中にも、随所にずるく採用して在る」と書いている。尚、この章に「やはり、三十一歳は、三十一歳のことしかないのである」と云っているが、この辺は鎌滝時代に書いたものを二年後に甲府で書きなおしたのだろう。この章の書出しのような忠言は、甲府時代の太宰君には誰だって云ったものはない筈である。鎌滝時代とても表面では同じことである。しかも自己否定の心意気を第三者の言葉で定着させて筆に弾みをつけている。太宰君の云う「随所にずるく採用して在る」というよりも、書くコンディションへ追いこむための一つの仕方であると思う。

余談

この全集第四巻の折込月報に、伊馬春部君が「つまり今のことばでいえば太宰のヌード写真なのであって『葛原勾当日記』と共に受取った彼の葉書によれば、家中を火のついたように飛び廻ったとある、云々」と書いている。私はそれを読んで思い出した。「葛原勾当日記」は、あのころ伊馬君が古本屋で見つけ、作品の材料にしたらどうかと云って太宰君に貸したもので、太宰君はこれを参考にして「盲人独笑」を書いた。

おそらく伊馬君は「勾当日記」を古本屋で見つけたとき、盲の葛原勾当という琴の名人が七百頁にもわたる日記を残していることにびっくりしたに違いない。古本屋でそれを買うと、私のところに持って来て、これを材料にして何か小説を書かないかと少し興奮の色を見せて云った。しかし私は葛原勾当のことは以前からよく知っていた。私の郷里の近村の人である。「勾当日記」は私も田舎の家に置いている。葛原勾当のお孫さんの葛原滋さんのうちは、今では私の生家と遠縁にも当り、勾当の晩年の弟子で盲の老婦人は、私が小学生のころ私のうちに暫く滞在して姉に琴を教えていたこともある。だから葛原勾当のことを材料にするのは少し遠慮があったので辞退すると、では折角の材料だから太宰に勧めてみると云って伊馬君は太宰君に提供した。

太宰君はその材料で、たちまち「盲人独笑」を書きあげて雑誌に出した。この作品は当時あまり反響はなかったが、自分のおじいさんを材料に書いてあるのを知った葛原滋さんは大いに喜んで、さっそく太宰君に鄭重な礼状を送り、べつに自分が顧問となっている雑誌へ太宰君に原稿を註文した。無論、そのころ書きたい一心であった太宰君は、すぐに四枚か五枚のものを書いて送った。その表題も内容も私は覚えていない。いずれ本全集には第何巻かにそれが集録されるだろう。

太宰君は「盲人独笑」を書いた後でも葛原勾当という人に可成り興味を寄せているようであった。勾当は盲人でありながら長年にわたる日記を残している。それには涙ぐましいような、いじらしいような、また少々ユーモラスなような仕掛が用意されてある。すなわち葛原勾当は、「いろは」三十一文字や「月日」という字など、常用の文字を一つずつ木版に彫らせ、それを順序よく並べておいて、必要な文字を手さぐりで探り取って一字ずつ捺して書く。云ってみれば、甚だ原始的なリノタイプ式の印刷術で、盲人記述用のこんな仕掛は誰の発案によるものかしらないが、傍の者からすると涙ぐましくまた少々ユーモラスにも見えたことだろう。太宰君ならずとも、すでに私も子供のころその話を聞いて興味ふかく感じていた。

太宰君は根掘り葉掘り葛原勾当の逸話を私に訊ねたが、私も日記を読んでその日常を想像する以外のことは返答できなかった。天保年間に二十歳代であったという勾当のことだから、郷里の人に問合せても知る由がない。私の姉に琴を教えていた盲の老婦人は、幼いころ葛原家に住込みで勾当から琴を習ったと云っていた。勾当のことを「勾当さん」とその老婦人は云った。勾当さんは稽古がやかましくって、ひどく叱ることがあった。おそろしいので逃げだして土間の織機の下に隠れると、物尺を持って来て叩き出して稽古して下さったと云っていた。盲の老勾当と盲の幼い弟子である。

先年、私は郷里に疎開中、友人と一緒に釣に行った帰りに山の上の村を帰るとき、見知らぬ家に寄って縁側に腰をかけて休息させてもらった。その家の人が番茶を出してくれたのでお礼を云うと、障子のなかから「失礼ですが、あなたは井伏さんですか」と極老の婦人の声で云った。「そうです」と私が驚くと、「声でわかりました」と云って、今では年をとって寝たきりだから障子を明けないで失礼すると云った。私が子供のとき、暫く私のうちに滞在していた琴の老先生であった。盲人の耳の勘の鋭いのに驚いた。そのとき私は勾当さんが物尺で叩いた話を聞いた。

戦争初期の頃

　昭和十六年十一月、私は陸軍の徴用令書を受取った。当時、徴用者は殆ど旋盤工にされていた。だから私も、旋盤工にされるのだと思って、出頭を命じられた本郷区役所へ出かけると、武田麟太郎が私の先に門をはいって行った。控室にはいって行くと太宰君がいた。これを見て私は、陸軍も選りに選って資格の危い旋盤工を徴用したものだと思った。日頃の行状から見て、武田君が勤勉な職工になれそうにも思えない。太宰君は健康が悪く、また手先の仕事に自信がなくて、日頃から自分は熊の手のように無器用だと云っていた。

　しかし徴用されたのは旋盤工にされるためでなく、南方へ連れて行かれるためだとわかった。南方の瘴癘《しょうれい》の地へ行くのだから、不具の者または痼疾のある者は、申し出よという云い渡しがあった。すると、これに応じる人が可成りいた。太宰君も申し出た。そのうちで、たいていの人はお国のために働ける体力があると診断を下されたが、軍医は太宰君の胸に聴診器を当てると、即座に、「これは駄目々々」と診断した。たぶん太宰君は、自分の痼疾に対して複雑な気持を味わったことだろう。と云うよりも、このときくらい私は太宰君の痼疾を羨んだことはない。

私はマレー派遣軍徴員として徴用され、昭和十七年の十二月までシンガポールにいた。したがって徴用一年間というものは、太宰君について何の知るところもない。ただ、軍事郵便が通じるようになってから、たまに来る太宰君の手紙で事情を察するだけであった。

月日は忘れたが、ロイドロードという坂町の宿舎に移って間もない頃、私は戦地で初めて太宰君からの手紙を受取った。その手紙に、田中英光という新人を見つけた喜びが書いてあった。まだ開花してはいないけれども真に新しい小説家を見つけたと云ってあった。その小説は「オリンポスの果実」という題で、「文学界」編輯当番の河上徹太郎に見てもらい、編輯同人の林房雄の賛成もあって、次の号の「文学界」に載ることになったので、是非とも読んで感想を知らせてくれと書いてあった。

その頃、輸送船は無事に航海を続けていた。「文学界」も毎月号が正確に届いていた。私は「オリンポスの果実」を読んだことは覚えているが、どんな感想を太宰君に書き送ったか覚えない。

矢張りその頃、太宰君のくれた手紙に、「自分は孤高でありたいが、こんなような時代にはそれが難しい」と云ってあった。私は陣中日記に「太宰君は孤高でありたいと手紙をよこした」と書きこんで、日本の雑誌か何かに発表した。すると太宰君から、「孤高でありたいと云ったのは事実だが、あんなことを発表されては困る。はずかしくてやりきれない。なんて気障な男だと人から思われる」という意味の抗議を云って来た。私の書きかたが無神経だとは云ってなかったが、煎じつめればそう云ってよこしたことになりかねない。

当時、太宰君は徴用を逃れたことを、何か後ろめたいことのように感じていたように思われる。何か身を小さくしている風で、私たちが東京駅を発つときにも姿を見せなかった。資産家に生れたということで、いつも後ろめたさを感じていた性根にも通ずるだろう。

もし、あのとき太宰君が徴用されて、派遣軍徴員になっていたらどうだろう。「惜別」も「ヴィヨンの妻」も「トカトントン」も、この世に出なかったろう。

甲府にいた頃

私が甲府市外に疎開していた当時、太宰君も甲府に疎開していたので割合に顔を合わす機会が多かった。それも逢うのは殆どおきまりのように、酒を飲む場所であった。そのころ、煙草と酒に不足をつげていて、しかも私たちは疎開者のことだから才覚に困ったが、幸い甲府城趾の濠ばたにある梅ヶ枝という旅館に行くと融通をつけてくれた。その旅館の女中が働らきもので、子供のころからもう何十年も女中をしていて顔が広いので、私たちが行くと何処からともなく白葡萄酒を買って来てくれた。少し甘口だが上等な白葡萄酒であった。

当時、この旅館の広間には、東京の目黒小学校の疎開学童が収容されていた。二階には、新聞社の疎開記者が数名いた。階下の部屋には、この宿屋の家族や女中が住み、空いている客間は一つか二つしかない。それで泊り客でない私たちは帳場で飲んでいた。煙草も女中が融通のみちを見つけてくれた。この宿屋のおかみは、甲府市外の桜桃の出来る村の出身である。それで桜桃の幹を消毒する薬の代用品として、多年にわたって泊り客の煙草の吸殻を取り集め、大きなカマスに二俵、いっぱい詰めこんだのを物置に入れていた。女中は私たちが白葡萄酒を飲みに行くたびに、物置のカマスから煙草の吸殻を莚に掬いとって持って来た。戦前の泊り客は贅沢なもので、金口煙草をほんのすこし吸うだけで棄てているのもある。エヤーシップを半分も吸わないで棄てているのもある。私たちはそれを長煙管に詰めて吸うのだが、吸殻を煙管に詰めて吸う方法は「ごうけつ」と云うのだと私は太宰君に云った。しかし、なぜ「ごうけつ」と云うのか確かな根拠はない。何かの本に、明治時代の与太者がこの吸いかたをそう云っていたと書いてあった。たぶん、そう書いてあったように記憶する。尤も、その記憶も怪しいが、たぶんそうではなかったかしらという程度で、「ごうけつ」と云うのだと云ってしまった。爾来、太宰君はその宿屋の帳場で「ごうけつをする」と女中に云うようになった。

太宰君は可成り煙草を吸うたちだが、清潔を好むから、エヤーシップや金口のよほど長いのしか吸わなかった。私も可成りの煙草好きで、しかし私は少しくらいの不潔は気にしないので、バットの小さな吸い残しでも長煙管に詰めて吸っていた。

この宿屋の帳場には、私と太宰君のほかにもう一人、小説家の野沢君という疎開者が同じ目的でよく現われていた。野沢君も酒飲みで煙草吸いだから、「ごうけつ」の仲間入りをして、そのうちに甲府の街が空襲を受けるより前に、物置のカマスは二俵とも空になった。

空襲のあった翌日、私が再疎開するつもりで甲府警察署へ罹災証明書を貰いに行くと、焼趾の焦げた電信柱のところで太宰君に行き逢った。太宰君はすっかり焼け出されたということで、県庁の入口に「罹災者の相談に応じる。米は幾らでも保有している」という意味の貼紙を見つけたから、相談に行くところだと云った。それで私は、太宰君が相談に行って来るのを待っていた。やがて県庁から引返して来た太宰君は、「一人も役人がいない。相談に応ずる役人がいるという部屋は、広い部屋ですが、人が一人もいないんです。がらんとしています」と云った。しかし途方に暮れた風も見せないで、「一人もいないのは不思議だ」と云って、くすりと笑った。

甲府の街が焼ける数日前に、中島健蔵が伴君なんかと一緒に甲府に来たので私は梅ヶ枝旅館に案内した。太宰君も野沢君も来て小宴を開いたが、どういうものか不意に太宰君が中島君に因縁をつけた。もう夜が更けていた。太宰君は不機嫌に座を立って、半時間もたつと脛を血だらけにして引返した。さっそく野沢君が介抱して蒲団の上に寝かせたが、野沢君に聞くと、太宰君は城趾の石段から転げ落ちたということであった。なぜ夜ふけて城趾にのぼったのだろう。あとで旅館のおかみの話では、あのとき城の濠の橋のところまで太宰君を見送ると、太宰君が「僕は淋しい」と云い残して橋を渡って行ったという。話の取りようでは、日頃の太宰君なら噴き出すような挿話である。学生時代の恩師であった中島君に因縁をつけたことからして珍しい。あの晩だけは、どうも変だという思いが今だにある。

報告的雑記

津軽に疎開中の太宰君のことは、手紙とか書いたものなどで私は想像するだけのことだから、資料となるようなことを述べる資格がない。しかし私の想像するに、太宰君は十年ぶりか二十年ぶりに自分の生家に落ちついたので、幾らか気がねはあったにしても、ことに終戦後はのんびりとした立場で原稿を書いていたことだろうと思う。

そのころ太宰君のよこした手紙に、次のような意味のことが書いてあった。

——今日はゲートルをはき、草とりをするような風をして菜園に出て行った。その実、二本か三本か草を抜くだけで、農事に協力するように見せかけた。うまく人目をごまかしたと思ったが、誰も見ていなかったので無駄なことをした。しかし今日はこれから、さっぱりした気持で執筆にとりかかることが出来るようだ。

また、こんなような意味の手紙もあった。

——隣村の何とか委員という役目を持っている長老が、今回の日本の敗戦に関して、

「日本は偉い。よくも無条件降伏まで漕ぎつけたものだ」と大まじめに云った。

　また、次のような意味のものもあった。

　――ウイスキーは、五所川原の中畑さんが欠かさず届けてくれる。疎開中の太宰先生に酒の不自由さしたとあっては、この中畑の恥辱でごわす、と云って、大してうまくもないウイスキーを持って来てくれる。値段は妥当のところと思われる。当地では林檎酒が幾らでもあるが、こんな酒を飲むものは下司とされている。当今、酒不足の折から広島地方でも酒が不自由だと思う。ついては、ウイスキーを飲みに来てもらいたい。上等のやつを押入に何本も用意して待っている。

　私はこの手紙を読んで、実に無慈悲なことを云う太宰だと思った。上等のウイスキーは飲みたいが、わざわざ広島県から青森県に行けるものではない。これが終戦直後のころのことだから、汽車に乗るのも大変である。おそらく太宰は、生家で至極のんびりと暮しているのだろうという印象を受けた。

　話は違うが、長篇「津軽」に取扱ってある中村貞次郎君や有司の肝入で、近く太宰君の碑が津軽の蟹田町の観瀾山に建つことになった。中村君からの知らせによると、碑石は、横一・八メートル、縦二・八メートル、側面は幅が狭く、自然石である。この石は、津軽半島の平館村大字宇田という部落から出た。色は、黒のなかに青い色が少しく一部に見えている程度で、硬度も充分だから風化のおそれがない。ちょうど色も形質も、山梨県御坂峠の太宰君の碑に似通っている。碑文は「正義と微笑」のなかの一句を採り、佐藤春夫氏に書いていただくことになった。碑の裏に刻む文章も佐藤さんにお願いした。

観瀾山というのは海岸に臨む小高い岡だそうである。背景が海だから、このくらいの大きさの碑が良いだろうと中村君が云っている。たぶん七月か八月ごろまでには建つのではないかと思っている。

太宰君の仕事部屋

戦後、私は太宰君とあまりつきあいがなかった。今でも覚えているが、私が東京に転入してから太宰君に逢ったのは三回だけである。

当時、太宰君は私に対して旧知の煩らわしさを感じていた。おそらくそうであったろうと思っている。結局、私の方からもなるべく太宰君を避けていた。概して気の弱い人は、新しく恋人が出来たり女で苦労したりしているときには、古い友人を避ける傾向がある。しかし当時の私は、太宰君が女で苦労しているとは知らなかった。ただ何ということもなく、可成りの程度に私を避けていると思っていた。

以前、私が疎開するよりも前に、太宰君が私に、「僕は恋愛してもいいですか」と云ったことがある。ちょっと様子が改まっていた。しかし恋愛しては悪いと云う意気は私には無い。「そんなことは君の判断次第じゃないか」と答えると、「やっとそれで安心した」と云った。その恋愛の相手は、私のうちの近所に住んでいる元某出版社編輯員の某才媛だとわかっていた。後に太宰君が亡くなってからの話だが、その某才媛に太宰君のことを打ちあけると、「もしわたくしでしたら、太宰さんを殺さなかったでしょうよ」と冗談のように云った。

人の組合せというものは不思議な結果を生む。善良な男と善良な女との組合せでも、お互に善良な故に悲しい結果を見ることがある。太宰君の場合、太宰君を死地に導いた女は善良な性質であったかも知れないが、どうも私たち思い出すだに情けない結果になってしまった。ここで仮にその女性を善意ある人間であったとすると、何か当時の雰囲気に引きずられたのではなかったかと思う。意地ずくと云っては当人は不承知だろう。ものの弾みと云ったらどうだろう。青山二郎作詞の都々逸に、「弾みで野暮が粋になり、何とか何とかで、弾みで粋が野暮になり」というのがある。しかし太宰を死なした女性に、この青山二郎の作った歌を当てはめるのは、正直に云って腹立たしいような気持もする。

初めて太宰君は、その女性を私に紹介するとき、「この部屋は、この女の借りている部屋です。僕は仕事部屋に借りているんです」と云った。戦後、久しぶりに初めて太宰君に逢ったときのことである。その席には古田晁や筑摩書房の石井君がいたが、太宰君は私たちをこの仕事部屋に迎えるのに煩らわしい工作をした。先ず石井君が私のうちに来て、「今日は、太宰さんに逢って下さい。行くさきは三鷹の某所です」と云って、私を三鷹の若松屋という屋台店に連れて行った。すると若松屋の主人が「お待ちしておりました。今日は太宰先生が張りきってる日です。慎重に御案内します。暫くお待ち下さい」と云って自転車でどこかへ駆けだして行き、四十分の上も五十分の上も待たしてから、私たちを近所の長屋の二階に案内した。その部屋に太宰君がいて、小がらの女が壁際の畳の上に俎を置いて野菜か何か刻んでいた。室内の様子と庖丁の使いかたとで、この女は世帯くずしだろうと私は見た。

間もなく、若松屋の主人がそこへ古田晁を連れて来て、やがて臼井吉見を連れて来た。なぜ太宰君がそんな煩らわしい手数を取らせるのか、理由がわからない。若松屋の主人は一心太助だと自ら云い、実によく自転車でまめまめしく行ったり来たりするのだが、太宰君がこんなに商人をうまく手なずけているとは意外であった。私は腑に落ちないままにビールの御馳走になりながら用談を片づけて、その後からまた酔いつぶれるほどビールを飲んだ。

用談というのは、筑摩書房から出す私の選集編纂の打ちあわせであった。私はその席で初めて気がついたが、私が東京に転入する前に太宰君は私のために古田晁に交渉して、私の選集九巻を出すことにしていたのであった。転入に立ちおくれて田舎にいた私のために、ずいぶん気をきかせてくれたのである。太宰君の心づくしであった。しかし、どうしてあんな滑稽なほど煩らわしい訪ねかたをさせたのか合点が行かぬ。いろんなことに気をつかい、ユーモアを出すつもりであったかもわからない。

御坂峠の碑

甲州の御坂峠に太宰君の碑が出来た。一昨日、その除幕式があったので私も参列した。場所は、山梨県南都留郡河口村御坂峠上、天下茶屋前方の尾根、バス道路からすぐ近くである。ここの風景について太宰君は「富嶽百景」で次のように書いている。

御坂峠、海抜千三百米。（中略）ここから見た富士は、むかしから三景の一つにかぞえられているのだそうであるが、私は、あまり好かなかった。好かないばかりか、軽蔑さえした。あまりに、おあつらいむきの富士である。まんなかに富士があって、その下に河口湖が白く寒々とひろがり、（中略）私は、ひとめ見て、狼狽し、顔を赤らめた。（後略）

太宰君は概念的であるまいと全力をそそいでいた人だから、そんなように書きたくて書いたものであろうことは致しかたがない。しかし御坂の富士に狼狽する人が、津軽富士を見て、よくも狼狽せずにいられたものである。

さて、太宰君を狼狽させたその土地に太宰君の碑が出来た。このことは、「富嶽百景」を通読した人には納得が行くだろう。この碑は、甲府市の新聞社長、野口二郎さんという人が、山梨県の人たちに呼びかけて出来たものである。

碑面には「富嶽百景」のなかの「富士には月見草がよく似合う」という言葉を刻んである。

碑石は安山岩の自然石、横幅六尺三寸、高さ五尺八寸。この石は昇仙峡入口の荒川左岸にある片山という石切場から出た。台石も同じ場所から出た。

刻字の労を引受けたのは、甲府市元三日町の望月徳太郎翁である。珍しい気質の人で、石工の名前を入れようと野口さんの方で云うと、名前を入れると碑が荒れると答えたそうである。短期の間に見事に彫りあげた。文字は原稿のペン字を写真で拡大した。却って柔かみが出たと思う。

太宰君は昭和十三年の秋から十一月まで、八十日あまりその茶店に泊って静養した。ところが除幕式で開会の辞を述べた私は、大勢の参列者の前で「太宰君は大正十六年の秋から冬まで、ここの茶店に泊っておりました……」と云った。それを人から指摘され、式がすんだ後まで気になった。

この日は富士山が雲にかくれていた。私たちは甲府に一泊して、翌日は富士吉田に出るために御坂峠を越えた。途中、碑を見るために再び峠の茶店に寄った。おかみさんが「昨日は、大変な人だったね。うちでも昨晩は、ぐったり寝た」と云った。「参列者は何人ぐらいだったろう」と聞くと、「四百人ぐらいだったろう。お蕎麦を二百五十人ぶん徹夜で支度したのに、半分の人にも行き渡らなかった」と云った。お蕎麦は山麓の河口村の人が参列者に接待したものである。

碑は台石が濡れていた。誰か若い女がやって来て、茶店で買った酒とウイスキーを、ここにそそぎかけたのだそうだ。いかにも勿体ない。「ほかにもまだ、酒を供えて行った者があったよ」とおかみさんが云った。「その酒、どうした」と聞くと、「誰か飲んだずら。空瓶になっていた」と云った。

峠をおりて、私たちは河口湖畔で食事をした。ついでに発動機船に乗って湖上に出ると、たちまち晴れて来て富士山が見えた。「やあ、碑が見える」と誰か云った。実際に見えた。富士山と反対側の山に、嶺ちかくのところに豆粒ぐらいの大きさで碑が灰色に見えた。あるか無しかの程度だから、地元の人の目障りにはならないだろう。船が進むにつれて見えたりかくれたりした。

蟹田の碑

青森県蟹田町の観瀾山に太宰君の記念碑が出来、去る八月六日に除幕式があった。碑の恰好は、ちょっと甲州御坂峠の太宰君の碑に似ているが、御坂峠の碑よりも少し大ぶりで、千二百貫の重さだそうである。蟹田の海のなかから見つけ出した石だという。碑の裏には、そこかしこに豆がらを貼りつけたように小さな貝がらが附着して、石そのものが湿気を要求しているかの観がある。しかし黒灰色の水成岩だから干からびた感じはない。

碑の表には、佐藤さんの筆蹟で次のように刻んである。

かれは
人を喜ばせるのが
何よりも
好きであつた!

正義と微笑より

佐　藤　春　夫

碑の裏面には次のように彫ってある。

我等ノ太宰治ガ不朽ノ文業ヲ
顕ハサントシテ中村貞次郎ハジメ
郷里ノ友人ラ相謀リテ建碑ノ
議成ル乃チ集中ニ彼ガ温雅ナ
ル人品ヲ伝フベキ句ヲ求メ得テ
余ニ書セシム生前屢々ワガ門
ヲ敲キシ好因縁ヲ懐ヒマタ郷党
ノ友情ヲ喜ビ敢テコノ不文ト
悪筆トヲ辞セザリキ

昭和丙申孟夏

佐　藤　春　夫

観瀾山という山は、蟹田の町はずれにある高さ三四百尺ほどの岡で一方は海に面し、岡の上に出ると海の向うに遠く下北半島の連山が見える。形は三陵形を成し、ちょっと要害めいた孤独の岡である。戦国の昔には山城にされていたものに違いない。三つの陵のうち、一つには無電の中継所の建物があり、一つには御堂があって、その堂前の広場には周囲に可愛らしい顔の石地蔵が立ち並んでいる。その台石には、近江の国の寺を振出しに西国三十三所の寺の名と、その石地蔵を奉納した人の住所姓名が刻んである。西国三十三所とは、東国の人が京にのぼる途次に巡拝した寺だから、昔ここの蟹田には京へ巡礼に出る風習があったのだろう。

太宰君の碑は、三陵のうち東に突き出た一つの陵の突端にある。碑の裏手はすぐに崖だから見晴らしがよい。碑に向って右側に町が見おろされ、左手には海を隔てて遥かに下北半島の山がつづく。風が吹くと、碑の斜め前にある大きくもない松の木が、意外にも本格的に松籟を起す。生前の太宰君なら大いに照れるに違いない景物である。

この岡の上は大体において平坦で、藪だたみのなかの小道を行くと草原に出て碑の前に行くことになる。藪だたみのなかには、八月上旬だというのに、ところどころに出来そこないのワラビが見つかった。除幕式がすむと、どこからともなくネブタ祭の踊子が三四十人ばかり現われて、円陣をつくりながら太鼓の囃子《はやし》でにぎやかに踊りだした。踊子はみんな若い女である。森の妖女みたいじゃないかと見ていると、不意に夕立が来て踊子は掻消すように逃げ去った。私も御堂のなかに逃げこんだ。夕立に濡れた碑は、どんな色をしていたか見る隙もなかった。

この碑の建設発起人は、蟹田町の中村貞次郎氏と蟹田町の町長である。中村氏のことは太宰君の「津軽」のなかに詳しく書いてある。町長は以前に青森の警察に勤めていた人で、かつて太宰君が左翼運動に関心を持っていた当時の青森の取締係であった。太宰君を留置したこともあるという。その人が建碑の発起人になったのは不思議な縁である。

私は蟹田から青森市に引返し、ネブタ祭を見てから小館保さんの案内で「おもだか屋」という料理屋に寄った。偶然その店は、弘前高校生当時の太宰君が土曜日ごとに来て泊った家だという。その当時の女中もいた。小館さんの話では、太宰君はツリガネマントを着てこの家に来ると、さっそく結城の着物に着かえ、角帯をしめて白足袋をはき、義太夫の師匠を呼んで稽古をしたものだという。私は女中には殆ど何も質問しなかった。聞いたにしても、純然たる津軽弁だから解せない。

III

あとがき〔『富嶽百景・走れメロス』〕

太宰君は、四十歳で死ぬまでに、百四十篇に近い短篇を発表した。それが各個みな、手法形式を、素材に適応させる意図のもとに、執筆されている。ここには、その意図を窺うに足る代表的な短篇の中、戦前のもの十篇を取りあげてみた。

魚服記　昭和八年三月「海豹」創刊号。
ロマネスク　昭和九年十一月「青い花」創刊号。
満願　昭和十三年九月号「文筆」
富嶽百景　昭和十四年二、三月号「文体」
女生徒　昭和十四年四月号「文学界」
八十八夜　昭和十四年八月号「新潮」
駈込み訴え　昭和十五年二月号「中央公論」

走れメロス　昭和十五年五月号「新潮」
きりぎりす　昭和十五年十一月号「新潮」
東京八景　昭和十六年一月号「文学界」

ただし、いま「あとがき」を書く私は、作品鑑賞の自由を読者に一任して、太宰君自体について書いてみたい。

私が初めて太宰君に会ったのは、昭和五年の春、太宰君が大学生として東京に出て来た翌月であった。太宰君は私に二度か三度か手紙をよこし、私が返事を出すのに手間どっていると、強硬な文意の手紙をよこした。会ってくれなければ自殺するという意味のものであった。私は驚いて返事を出した。

初対面の太宰君は、しゃれた着物に袴をはいていた。ぞろりとした風で、下着は更紗であった。ふところから自作の原稿を取り出すと、これをいますぐ読んでもらいたいと云った。私は読んだ。今日では、どんな内容のものであったか忘れたが、ただ一つ、全体の印象だけは覚えている。そのころ一時的に流行していた、ナンセンス文学といわれていた傾向の作品に彷彿として、よくない時流の影響が見えた。私は読後感を述べないで、「ともかく、われわれは古典を読もうじゃないか。当分、プーシキンや東洋の古詩なんか読もうじゃないか」と、木に竹をついだようなことを云った。私自身も、そのころ、そんな古典を読みたいと思っていたようである。ついでに私は、「君のその下着は、お父さんか、それともお兄さんからの、拝領だろう」と云った。下着といい、羽織や着物といい、すべて粋好みで、とうてい若い学生のきるようなものではない。太宰君は「そうです。お古です」と答えた。後に、太宰君が亡くなってから、津軽の小館保さんにきくと、そのときの下着も着物も、お古ではなかったそうである。

保さんの言によると、太宰君は弘前の高等学校に在学中、物覚えのいい子だが大変なおしゃれで、秀才という点でも、おしゃれの点でも、人の追随を許さぬものがあった。料理屋通いも豪勢で、土曜日ごとに弘前から遠出の汽車で、青森の「おもだか屋」という料亭に行く。そこで、学生服を紬の着物にきかえて、白足袋をはき、義太夫の女師匠が来るまで女中に映画の話をして聞かせる。着物や足袋は、その料亭にあずけておいたそうである。

することに手がこんでいる。学校に行くにも、いつも味噌汁を三ばいぶん魔法瓶につめさせて、それを弁当に添えて持って行った。すべてがこの調子で、若年のころの太宰君は、お父さんやお兄さんのお古の着物なんか決してきていなかったそうである。しかし、「お古だろう」と云った私の不躾な質問に、太宰君は「そうです。お古です」と、うまく調子をあわせた。それればかりでなく、こちらの眼力を、大したものだと驚いたような風さえもして見せた。何という社交家だろう。彼は、下宿を追い出されて困っていると私に云いながら、その実は、帝国ホテルに泊って学校に通っていた時期もあった。おしゃれはするが、おしゃれだと思われることが照れくさいのである。同時にまた、相手方のみすぼらしさに咄嗟に調子をあわせるのである。ある心理学者にこの話をすると、それは疑似社交心の発露であると断定した。「にべもない」と太宰君なら云うだろう。

昭和九年、太宰君が三島に滞在中、私は熱海で太宰君と落合わせ、共通の知人Kさんという女性といっしょに、三人連れで十国峠を越え、元箱根から三島に出た。元箱根から山路を下る途中、ところどころ農家の庭さきに、土を盛りあげて芋の苗床がつくられていた。

私たちは十国峠を素通りして、元箱根の関所址記念館で、昔の関所役人の使った捕物用の武器など見物した。関所を通る旅人の署名帳も見た。署名には、それぞれ生国を書き込んであった。そのなかに、大石内蔵助の名前が見つかると、太宰君は「や、これはどうも」と云って、帳面から顔を反けた。そうして、げらげらと笑った。この場合、大石内蔵助が有名でありすぎることが、太宰君を照れさせたのであろう。太宰君には、有名ということは、通俗で一種の嘘なのである。しかし、その署名帳を必ずしも贋物と思ったのではないだろう。富士山も有名でありすぎる。かつて富士山をまともに見て、照れくさい、と彼は云った。作品のなかにも、そういう意味のことを書いている。月並でありたくないということが、太宰君の美意識上の念願であるにしても、署名帳を見てげらげら笑ったりすることは、ちょっと遠慮してもらいたかった。案内役のKさんに対して、少しは気がねしてもらいたかった。当日、Kさんは張りきって古跡めぐりの案内をしてくれたのである。Kさんは、元箱根から先きは暫く膨れ面になって、ろくろく口もきかなくなった。三島の町に着くと、私たちは清冽な水流を持った川沿いに散歩して、川ばたの骨董屋に仏像がたくさん並んでいるのを見つけた。その土間の硝子戸はしまっていた。手をかけると軽くあいた。土間にはいると、奥の小部屋で四人か五人、中年者が車座になって花札をひいているのが見えた。その人たちは、私たちを見ると周章てて花札をかくした。「何か御用件ですか」と、ドテラをきている中年者が云った。「仏像を見せてもらいたいんです」と私が答えると、ドテラの男が「なに、仏像が見たいって。人のうちに、黙って這入りこむやつがあるか」と云いながら座を立って来た。Kさんは土間の外に出た。ドテラの男は、上り框のところに仁王立ちになって、「なぜ、無断ではいった。失敬な野郎だ」と怒鳴った。私は怖くなって外に出た。太宰君は、もうどこかに身をかくしていた。実に素早いものである。私たちが幾ら呼んでも姿を見せなかった。仕様がないので、私とKさんはぶらぶら歩いて、大きな木の茂っている地域にはいった。公園かお宮らしい。私とKさんは、太宰君を捜すために木立のなかにはいって行った。すると太宰君が、いつの間にか私たちのうしろについて来ているのであった。たぶん骨董屋は、同好者と花札を引くのに、硝子戸の一箇所だけ錠をかけるのを忘れていたものだろう。Kさんは、太宰君の逃げ足の速いのに呆れ、それがきっかけで幾らかずつ機嫌をなおして行った。

私たちは人通りの多いところに引返し、太宰君の案内で古めかしい居酒屋に寄った。あの極老の爺さんが、赤い着物をきて赤い大黒頭巾を頭にのせ、酒の燗をつけていた。あの爺さんは酒の燗をする天才だ、と太宰君が説明した。どのお燗の熱さも、寒暖計ではかって出したように一定しているそうである。その酒はうまくなかった。太宰君はこの店で酒を飲みながら、「仙術太郎」や「喧嘩次郎兵衛」の腹案をKさんに話した。自分はそんな話を書いているのだと云った。

この「ロマネスク」は、力作という点でも「思い出」に匹敵する。詩情が底光りを発している。これを逸早く見つけ、名作として「早稲田文学」誌上で絶讃したのが尾崎一雄であった。即ち、太宰君の作品を初めて文壇的に問題にした人は、尾崎君である。この尾崎一雄の批評文は、新人たちの間に相当な反響を呼びおこした。

昭和十年、太宰君は盲腸炎で阿佐ヶ谷の篠原外科に入院して、予後、パビナール注射の副作用から、注射の悪癖を覚えるようになった。「東京八景」には、このとき腹膜炎と胸部疾患を併発したと書いてある。私は二度か三度か見舞いに出かけたが、いつも面会謝絶で会えなかった。可成り重態であった。一箇月ばかり太宰君はその病院にいて、退院と同時に、悪癖を除くため世田ヶ谷の経堂病院に入院した。しかし悪癖は進行する一方であった。

この悪癖の影響で、当時の友人や編輯者たちから、太宰君は奇矯な人物だと見做された。薬品を買うお金を手に入れるため、四方八方かけずりまわる。呆然とした風で雑誌社に行き、ときには大声で泣いたりする。ひどく悄気込んだりする。人を睨むこともある。しかし、中毒していることは他人に厳しくかくしていた。これは、この症状の患者の通有性だそうである。太宰君は経堂病院を出ると、転地療養の意味もあって船橋市本宿に一戸を持った。このころのことは「東京八景」に事実のままに書いてあるが、当時、中毒はすっかりなおったと云って巧みに私たちをだましていた。夏のころ、たまに船橋から私のうちに遊びに来て、将棋などさすときには、上布の着物を脱ぎすてて、大胡坐をかいた。勇ましく見え、病気とは思えない。パンツは、剣道着のように厚い木綿に刺子縫いを施したもので、白木綿に黒糸で縫いをしたものと、黒木綿に白糸で縫いをしたものと、来たときによって変っていた。あとになって初代さんからきかされたが、下腹部や股の注射のあとをかくすために、厚くて固い布を特に選んでいたそうである。こんなパンツをはいていると、痩せ細ってはいても、青年だけのことはあって水々しく見えた。しかし船橋の自宅からよこす太宰君の手紙には、いつも泣きごとばかり書いてあった。道を歩きながら、わんわん泣いたという手紙もある。大勢の人の見ている前で、泣き叫んだことが二度あったという手紙もある。稟質《ひんしつ》ゆたかな作家でありながら、必死となって原稿売込みに行き、ただ奇矯な人間だと思われて追い返されたのだ。九月十一日附の太宰君の手紙を左に引用して、当時の太宰君の焦燥を窺うことにしたい。

○幸福は一夜おくれて来る。

○おそろしきは

　おだてに乗らぬ男。

　飾らぬ女。

　雨の巷。

○私の悪いことは、「現状よりも誇張して悲鳴をあげる」と、或る人、申しました。苦悩、高いほど尊い、など間違いと存じます。私、着飾ることはございましたが、現状の悲惨誇張して、どうのこうの、そんなものじゃないと思います。プライドのために仕事をしたことございませぬ。誰か、ひとり、幸福にしてあげたくて。
○私、世の中、いや四五の仲間を、にぎやかに派手にするために、しし食ったふりをして、そうして、しし食ったむくい、苛烈のむくい受けています。食わない、ししのために。
○五年、十年後、死後のことも思い、一言、意識しながらの、いつわり申したこと、ございませぬ。
○ドンキホーテ。ふまれても、蹴られても、どこかに、小さい、ささやかな痩せた「青い鳥」いると、信じて、どうしても、傷ついた理想、捨てられませぬ。
○小説かきたくて、うずうずしていながら註文ない、およそ信じられぬ現実。「裏の裏」などの註文まさしく慈雨の思い。（註——朝日新聞に書いた随筆）かいて、幾度となく、むだ足、そうして、原稿つきかえされた。
○ひと一人、みとめられることの大事業なるを思い、今宵、千万の思い、黙して、（中略）臥します。
○昨夜、私、上京中に、わがや泥棒はいりました。ぶどう酒一本ぬすんだきりで、それも、そのぶどう酒、半分のこして帰ったとか、きょう、どろの足跡、親密の思いで眺めています。
○十月入院、たいてい確定して、医師は二年なら、全快保証するとのこと、私、その医者の言を信じています。
○信じて下さい。
○自殺して、「それくらいのことだったら、なんとか、ちょっと耳うちしてくれたら」という、あの、残念、のこしたくなく、そのちょっと耳打ちの言葉。このごろの私の言葉、すべてそのつもりなのでございます。
当時の、いま一つの手紙を抜萃する。

(前略)からだを損じて寐ています。けれども死にたくございませぬ。未だ、ちっとも仕事らしいもの残さず、四十歳ごろから辛うじて、どうにか、恥かしからぬものの書き得る気持で、切実、四十まで生きたく存じます。タバコやめました。注射、きれいにやめました。酒もやめました。ウソでございません。生き伸びるために、誠実、赤手、全裸。不義理の債金ございますが(中略)死なずに生きて行くために。友人すべて許してくれることと存じます。(後略)

(註——ところが数日後の手紙には、死ぬつもりで千葉の海岸へ行ったが引返したというようなことが書いてある。わんわん泣いて、ビールを飲み、昼寐をして目がさめたら、夜の二時であったと書いてある。注射を止したというのも嘘であった。次に、いま一つ手紙を抜萃する。）

（前略）なおるかどうか「なおらぬ」というのは、「死ぬ」と同義語です。いのち惜しからねども、私、いい作家だったのになあ、と思います。今年十一月までの命、いい腕、けさも、つくづくわが手を見つめました。（中略）私、死にます。目のまえで腹搔き切って見せなければ、人々、私の誠実、信じない。（中略）誰も遊んでくれない。人らしいつき合いがない。半狂人のあつかい。二十八歳、私に、どんないいことがあったろう。了ねん尼（この名、正確でない）わが顔に焼ごて、あてて、梅干づらになって、やっと世の中から、ゆるされた。了然尼様が罪は――ただ――美貌。（中略）自分でいうのも、おかしく、けれども「私、ちいさい頃から、できすぎた子でした。一切の不幸は、そこから。」（中略）私の「作品」又は「行動」わざと恥かしいバカなこと撰んでして来ました。小説でもかかなければ仕様がない境地へ押しこめる為に。……

「東京八景」と初期の「思い出」は、太宰君の自伝的作品という意味で、いわば対幅のようなものである。私は「思い出」に扱われている時代の太宰君のことは知らないが、

「東京八景」は、私の知る限りでは、小細工を抜きにして在りのままに書かれている。この作品を読むと、東京に出て来てから約十年間の太宰君の経歴が一望である。年譜や解説を見るまでもない。太宰君は何かの事情で思いを新たにするごとに、自分の年譜と解説を兼ねたような力作を書いている。かつて太宰君の実兄津島文治氏は、太宰君のこの種類の作品について、「あまり自分のことばかり書くと魔がさすものだ。気をつけなくっちゃいけない」と云ったそうである。

解　説〔『太宰治集上』〕

太宰君は、四十歳で死ぬまでに、百四十篇に近い短篇を発表した。それが各個みな、手法形式を、素材に適応させる意図のもとに、執筆されている。この書物では、その意図を窺うに足る代表的な短篇、三十二篇を採りあげて、大略その執筆次序によって集成を見ることにした。ただし、いま解説を書く私は、作品鑑賞の自由を読者に一任して、太宰君自体について書いてみたい。太宰君が毎篇執筆にむかったつど、その場合における当人の生態事情を書きたいのである。したがって、太宰君の私生活に主として触れることになる。太宰君に関する私の思い出も書くことになる。太宰君の知人たちから聴き及んだ話も書くことになる。つまり太宰君が、日頃いちばん軽蔑していた楽屋ばなし、ゴシップ、間話などを書くことになる。これは供養のつもりで書くわけだが、太宰君の気持に迎合しないことにする。

太宰君は生前発表した作品のほかに、未発表のまま棄てた作品をたくさん書いて来た。

処女出版の「晩年」が出る前にも、「倉庫」に入れていた作品が、原稿用紙の目方で三貫目ちかくあった。これは「東京八景」にも書いているように、「倉庫」である柳行李から取り出して、初代さんという当時の奥さんに云いつけて焼きすてさした。杉並区天沼一丁目、徳川夢声氏宅の裏手、飛島定城氏方にいたころのことである。右隣りに津田青楓氏のうちがあり、すぐ近所に、太宰君と親しかった伊馬鵜平氏がいた。当時の太宰君の信条によると、小説を書くことは即ち作家的魂魄を身につける唯一の方策で、学校なんかどうでもいいではないかというのであった。モーパッサンも「脂肪の塊」を発表するまでに、すくなくも二十歳前から執筆して、短篇の試作を二百篇は書いたというのが太宰君の推定であった。太宰君が、いつ最初の試作をしたか知らないが、青森中学に在学中「太郎」という短篇を、東京の菊池寛氏に送ったという話を私はきいている。太郎という男の子が、両親や近所の人たちから女の子と同じような取扱いを受け、女の子として育てられるという筋の話だそうである。どんな気持から、菊池さんにその原稿を送ったのだろう。菊池さんが当時「文芸春秋」を主宰していたので、それに発表してもらいたくて送ったとも思われる。芥川龍之介を尊敬していたので、芥川氏の親友であった菊池さんに原稿を読んでもらいたくて送ったかとも思われる。私は、そのころの太宰君について、何も知るところがない。初めて太宰君に会ったのは、昭和五年の春、太宰君が大学生として東京に出て来た翌月であった。太宰君は私に二度か三度か手紙をよこし、私が返事を出すのに手間どっていると、強硬な文意の手紙をよこした。会ってくれなければ自殺するという意味のものであった。私は驚いて返事を出した。

初対面の太宰君は、しゃれた着物に袴をはいていた。ぞろりとした風である。下着は更紗であった。ふところから自作の原稿を取り出して、これをいますぐ読んでもらいたいと云った。私は読んだ。今日では、それがどんな内容のものであったか忘れたが、ただ一つ、全体の印象だけは覚えている。そのころ一時的に流行していた、ナンセンス文学といわれていた傾向の作品に彷彿として、よくない時流の影響が見えた。私は読後感を述べないで、「ともかく、われわれは古典を読もうじゃないか。当分、プーシキンや東洋の古詩なんか読もうじゃないか」と、木に竹をついだようなことを云った。私自身も、そのころ、そんな古典を読みたいと思っていたようである。ついでに私は、「君のその下着は、お父さんか、それともお兄さんからの、拝領だろう」と云った。下着といい、羽織や着物といい、すべて粋好みで、とうてい若い学生のきるようなものではない。太宰君は「そうです。お古です」と答えた。後に、太宰君が亡くなってから、津軽の小館保さんにきくと、そのときの下着も着物も、お古ではなかったそうである。保さんは、幼いころから太宰君と半ば以上起居を共にして、上京してからもお互に隣りあって住んでいたこともある。若年時代の太宰君のことは、この人がよく知っている。

保さんの言によると、太宰君は弘前の高等学校に在学中、物覚えのいい子だが大変なおしゃれで、秀才という点でも、おしゃれの点でも、人の追随を許さぬものがあった。粋な着物に角帯をしめ、白足袋に雪駄ばきといういでたちで、稽古本をふところに入れ、いまも尚お健在である義太夫の女師匠のところに通っていた。料理屋通いも豪勢で、必ず土曜日ごとに弘前から遠出の汽車で、青森の大きな料亭に行っていた。することに手がこんでいる。学校に行くにも、いつも味噌汁をお椀に三ばいぶん魔法瓶につめさして、それを弁当に添えて持って行った。すべてがこの調子で、若年のころの太宰君は、お父さんや兄さんのお古の着物なんか決してきていなかったそうである。しかし、「お古だろう」と云った私の不躾な質問に、太宰君は「そうです。お古です」と、うまく調子をあわせた。それればかりでなく、こちらの眼力を、大したものだと驚いたような風さえもして見せた。何という社交家だろう。彼は下宿を追い出されて困っていると私に云いながら、その実は、帝国ホテルに泊って学校に通っていた時期もあった。おしゃれはするが、おしゃれだと思われることが照れくさいのである。同時にまた、相手方のみすぼらしさに咄嗟に調子をあわせるのである。ある心理学者にこの話をすると、それは疑似社交心の発露であると断定した。「にべもない」と太宰君なら云うだろう。

「葉」

昭和九年三月、同人雑誌「鷭」に発表された作品である。「鷭」の同人は、太宰君と檀一雄、古谷綱武の三人だが、もはやこのころ、古谷・檀の両君は、太宰を極めて高く評価していたようであった。両君が太宰に打ち込んだ現われとして、両君の出費で「鷭」が創刊されたものと私は解していた。

この雑誌を出す前年の四月、太宰君は同人雑誌「海豹」に「魚服記」を発表した。太宰君が東京に出てから初めて発表した作品である。そのころ太宰君は、山岸外史のうちで月に何回か催される朗読会土曜会に出席し、この会員の間では、朗読した作品をいつも問題にされていたが、「魚服記」が出ると、会員以外の人たちからも、存在に関心を持たれるようになった。この一篇で可成り反響を呼んだのである。これが「海豹」に出るすこし前、二月の終りから三月にかけ、私は猩紅熱《しょうこうねつ》で巣鴨病院に入院した。太宰君は私の見舞いに来て、近く自分たちは非常に清新な同人雑誌を出すつもりだと云った。その同人は、山岸外史、中村地平、今官一、伊馬鵜平、小野正文というような顔ぶれで、今官一が太宰と同郷の関係から、その仲間に紹介してくれたのだと云った。私は看護婦に、何か来客をねぎらう飲みものを持って来てくれと頼んだ。すると太宰君は、急にそわそわしだして帰ってしまった。私の病気がそのころ流行の疱瘡だとデマを伝えた友人があったので、幾ら半信半疑でも、神経質な太宰君が急いで帰ったのは無理からぬことである。私の入院中、太宰君は一度しか自分では見舞いに来ない代り、青森の小館家へお嫁に行っている彼の姉さんから、疱瘡の疑いある私へ見舞いの林檎箱など送り届けさした。手紙でそうするように依頼された、と姉さんからの手紙に書いてあった。このときばかりは、私も太宰君を親切どころか大いにずるいと思った。

「海豹」は半年ぐらいつづいて廃刊され、同人の古谷と太宰の二人は、新しく得た友人の檀一雄を加え、三人で季刊雑誌「鷭」を創刊した。体裁は新菊版といって当時清新だとされていた型である。「葉」はこの雑誌の創刊号に出た。しかし太宰君が「葉」を一篇としてまとめたのは、天沼に移る前、飛島氏といっしょに白金三光町の古めかしい家にいたときである。その家は三光町の停留場から二三町のところにあった。もと大鳥圭介の住んでいた家である。大鳥氏が鹿鳴館時代に建てた家だろう。古めかしい西洋館の外観で、ペンキが剝げ、ステンドグラスの窓があり、ハイカラであると同時に堂々の古色を具有していた。明治の文明開化時代を語る記念品である。庭は、木が茂り放題で、竹藪にとりかこまれ、瓢簞池の水が淀んで青みどろが生じていた。その池のなかに岩の小島があった。その小島に亀を這いあがらせるため、太宰君は夜店で銭亀を買って来て池に放った。そうして、自分の住む家が、アッシャー家だと云っていた。たぶん、この家で河上徹太郎の奥さんが、大鳥圭介の愛孫として呱々《ここ》の声をあげたのだろう。のちに太宰君と河上は親交を結んだが、私は両人のめぐりあわせを不思議な縁だと思いながらも、河上にも太宰にも黙っていた。河上は、奥さんの生れた家に太宰が住んでいたことを、今だに知らないだろう。太宰も河上・大鳥両家の関係を知らなかったろう。

この三光町の家で、太宰君と初代さんは離れの八畳間と奥の四畳半を使い、飛島氏夫妻は広間と大きな洋間を使っていた。筋向うの家の二階に保さんが住み、太宰君のところへ食事に通っていた。みんな津軽の人たちである。お互に津軽弁で話すので、他国のには何を彼等が話しているやらわからない。それに彼等は大声である。近所の人たちは朝鮮語だと誤認して同時に共産主義者の集まりだろうと錯覚を起し、冗談でなく高輪署へ投書するものがいた。高輪署から刑事が臨検に来て、家宅捜索で根こそぎに戸棚のなか行李のなかまで掻きまわした。太宰君の書棚にあった社会主義的な書物は全部押収され、太宰君も保さんも呼び出しを受けた。べつべつに調べられた末に、保さんは釈放され、太宰君は留置された。その前にも太宰君は、青森で左翼の人の集まる会に出ていた関係から、東京の警察署と連絡をとっていた青森の警察署へ出頭を命じられた。昭和六年七月中旬ごろのことである。八月すぎて、太宰君は青森から東京に帰ったが、田舎へ行ったり来たりして奔命に疲れ、また健康を悪くした。それで転地療養のためと、警察の目を逃がれるため、昭和七年三月ごろ、しばらく沼津市外静浦志下の坂部啓次郎方に止宿した。太宰君の警察行きは、ただ健康を悪くするだけの副作用が付きものになっていて、いつもながら、傍目にもばかげたことであった。岩本町のアパートにいたころにも、刑事に連れられて行き、一箇月も留置された。東中野にいたころにも、三日か四日か留置され、このときには、津島家の先代から恩顧をうけていた北さんという人が、警察へ貰いさげに行って連れ帰った。下宿を変って変名までつかっても、必ず警察は見つけ出すのであった。そのためばかりでもないだろうが、太宰君はよく転居した。後に書いた作品「十五年間」に、その足どりのあらましが述べられている。

さて、以上のような関係から、高輪署では太宰君を思想犯人と見做した。同居者の飛島定城が立腹したのは当り前である。飛島は毎日新聞の社会部にいた。そのころ元気いっぱいな青年記者で、同時に弁論にかけても、大したものであった。彼は社の宿直をすませて帰宅すると、さっそく高輪署へねじこんだ。もともと疑いのもとは、津軽弁の地方色ゆたかなところにあるわけで、警察はこの牧歌的情緒を解そうとしないだけである。太宰君は漸く三日目か四日目に釈放されて帰って来た。先日、私が津軽へ行って保さんに会ったとき、「あのときは、太宰が髭ぼうぼうとして帰って来ました。その髭を恥ずかしがりましてね。顔をかくすようにして、帰って来ました」と保さんが云った。

たぶん左翼に対する太宰君の関心は、周囲の友人の影響によったものだろう。いつか初代さんにきかされたが、飛島さんと同居してからは、まだ左翼関係の書物だけは持っていても、左翼のことを口にしなくなったそうである。その前には、初代さんにもマルクスを読めと強要した。会社の事務室にあるような大きなテーブルと椅子を買って来て、その椅子に初代さんを着席させ、資本論の読書会を二人で催すのだと云ったそうである。太宰君は、私にも左翼になるように勧誘に来たことがある。私は、いやだと云った。では一緒に散歩しないかと太宰君に誘われて散歩に出た。新宿の中村屋の二階でお茶をのんだ。ここで、また太宰君は、私に左翼になれと云った。あまりくどいので私は腹を立て、中村屋を出ると、人ごみのなかで太宰を撒いて帰って来た。それから何箇月か経過して、私が太宰君とまた新宿の中村屋へ行ったとき、駅の横の出口のところで、太宰君は改名したと私に披露した。指さきで、手のひらに一字ずつ、太、宰、治、と書いて見せ、「ダザイ、オサム、と読むんです」と云った。すこし気恥ずかしそうな顔であった。改名匆々《そうそう》のことだから、云いにくかったのだろう。従来の津島では、本人が云うときには「チシマ」ときこえるが、太宰という発音は、津軽弁でも「ダザイ」である。よく考えたものだと私は感心した。たぶんこれは、太宰君が三光町へ移って間もないころのことであったろう。

三光町のころの太宰君は、愉快そうに見えて健康らしかった。しかし「東京八景」には、「遺書を綴った。『思い出』百枚である。(中略)私は再び死ぬつもりでいた」と三光町時代の心情を書いている。いま、当時の太宰君の手紙を見ると、「思い出」と併行して、月に平均二篇か三篇ぐらい短篇を書いていたことがわかる。絶えず書いて正月元日にも書いている。第三者の目には、当時の太宰君は、警察に呼び出される不安も解消し、同居者の誘導も当を得て、環境も悪くないように見えていた。太宰君の生涯のうちでは割合い落着いていた一時期であったろう。この三光町の家で、太宰君は八畳間を書斎に使っていた。初代さんの居間にしていた奥の四畳半には、床の間に「病む妻やとどこうる雲おにすすき」という自筆の短冊をかけていた。この句が「葉」に入れてある。八畳の方の床の間には、太宰君がその晩年まで床の間に置いていたという亡兄圭治さんの作った仏像を置き、机を書院窓のところに置いていた。この部屋のまんなかに瀬戸の火鉢を据えていた。この火鉢は、のちに太宰君と初代さんが別れたとき、初代さんが私のうちにあずけて行き、今だにそのままになっている。初代さんの琴も、私のうちにあずかったままである。あずけ主の初代さんの居所が一定しなかった上に、私が徴用されたり疎開で甲州から広島に逃げて行ったりしている間に、初代さんが外地で亡くなったからである。このあずかりものについて、私は太宰君に一言も云わなかったが、太宰君が私のうちに訪ねて来ると、見たくなくっても目につきやすい品物である。私は太宰君の目につかないように物置きにしまっておくべきだと家内に云った。家内はそれに反対して、せめて来訪者の目につかないように手加減して、火鉢は台所の隅に置き、琴は押入れ部屋に入れた。あるとき太宰君が私のうちで、将棋を差そうと云い出して、駒入れをさがしに押入れ部屋にはいった。さりげない顔で出て来たが、当然苦い経験を思い出させる琴を見た筈である。

太宰君は三光町時代に書いた短篇を、殆んどみんな「倉庫」に入れてしまった。「思い出」の前半は別として、ほかに残したわずかなる作品も、部分的に抜きとって前後に配列し、高等学校時代の個人雑誌に出した短篇からも抜いて、断章集の形で「葉」という題をつけた。別にノートに書きとめていたらしい言葉も加えてある。「水到りて渠成る」という、蘇子の言葉なども入れている。「外はみぞれ、何を笑うやレニン像」という俳句は、共産党問題で苦しんでいた神田岩本町のアパートにいた当時、色紙に書いてかけていたものである。したがって「葉」は、自作以外の文言も編み入れた一種の「組曲」である。

昭和八年、同人雑誌「海豹」の六月号から、七・八・九月号まで、四回にわたって連載された。さきに云ったように、この作品は三光町時代から書き出して、天沼に移ってから書き上げたが、太宰君は非常に大事をとってこの執筆にとりかかった。私は第二章まで出来た原稿を読まされて、そのころまだ三光町にいた太宰君に読後感を手紙に書いて送った。その手紙文の一部を、太宰君は私に無断で第一創作集「晩年」の帯に印刷して出した。

保さんの話。（――太宰は「思い出」を書きながら、それと並行して習作を書いていました。習作が一つ出来あがると、批評をきくために友人を呼び、置酒して朗読会を開きました。興が湧くと、会話など声いろ使って読むのです。そうして、気に入らない作品は、みんな「倉庫」に入れ、気に入ったものはハトロンの大袋に入れ、その袋はいつも床の間に置いていました。このころの習作は、その一部分ずつが「葉」に入れてあります。朗読会に集まっていた常連は、いま毎日新聞の論説委員をしている平岡敏男・いま津軽の蟹田町にいる中村貞次郎・当時エノケンの脚本部にいた菊谷栄・朝日新聞にいた白鳥定二郎、それから私なんかでした）。

「思い出」は、太宰君の意図によると、過去の生活感情をすっかり整理して書き残して置きたい気持から書いたもので、その意味では私小説だと当人も手紙に書いている。しかし作品の製作動機というものは事前のものである。事後において、その作品を遺書に代えるつもりになることは作者の自由である。

「思い出」の第三章は、大体いま云ったように、天沼三丁目に移ってから一部分を書き、残りは三島にちょっと転地して帰ってから、次に移った天沼一丁目の家で書きあげた。その前年の夏、三光町時代にも太宰君は暫く三島に住んでいた。どんな関係でそうなったか、太宰君は三島の竹郎という親分と親しかった。そのころ、太宰君は朱麟堂と号して俳句をつくり、保さんにも俳句をつくれと強制して、無理やり朱蕾という俳号を保さんに与えた。三島の竹郎親分も俳句が大好きで、太宰を宗匠として崇め「朱麟堂先生」と呼んでいた。それは絶対に尊敬していたといっても過言でない。ときたま三光町へ、御機嫌うかがいに朱麟堂先生を訪ねて来ることもあった。竹郎親分の家は酒の小売屋である。太宰君は三島に行くと、この家の裏二階に寄寓して、原稿を書いた。食事のときには、竹郎のうちの妙齢の子女がお膳を裏二階に運んで来て、お給仕をしながら団扇で太宰君に風を送るのであった。無論、彼女自身にも少しは風があたるように団扇をつかう。「団扇を持って煽ぐと、風の分量がどちらへたくさん行くか、風の分量で厚意を計ることが出来る。彼女は、どちらへたくさん風を送ったか。」これは太宰君が三島から帰って来て、その当座、友人たちへ贈る唯一のお土産の言葉であった。この「団扇の風の分量」に関する問題は、「思い出」の第三章に採用されてある。故郷の生家の「裏の空屋敷」で、学校友達や弟と食事する場面に入れてある。「ある日の昼食の際に、私は弟や友人たちといっしょに食卓に向っていたが、その傍でみよが、紅い猿の面の絵団扇でばさばさと私たちをあおぎながら給仕していた。私はその団扇の風の量で、みよの心をこっそり計っていたものだ」と書いてある。しかし「思い出」には、殆んど素材への変型がない。幼少年時代の太宰君の行動を事実の通りに書いてある。それが太宰君の幼少年時代の友人間における定説である。まさか顔の吹出物へ、花の形に切った絆創膏は貼らなかったろうと私は疑ったが、「それもリヤリズムです」と保さんが云った。「なにしろ、人の意表に出るのです。天馬空を行くかたちです」と中村貞次郎さんが云った。この中貞さんのことは、太宰君の長篇「津軽」に可成りの枚数を使って書いてある。

「猿ヶ島」

昭和十年「文学界」の九月号に出た。林房雄が太宰の才筆に気がついて、そのころ「文学界」の編輯責任者であった河上徹太郎に云って掲載させたのである。その年の七月に、もはや、そのころ太宰君は、千葉県船橋の五日市本宿に住んでいたが、この作品を書いたのはまだ天沼一丁目にいたころだろう。この「猿ケ島」という奇怪な島の荒涼は、実に端倪すべからざるものがある。聯想の妙手であった太宰君が、いつ何によってこれを書く暗示を得たかは推察を許さないが、津軽の磯の荒涼が生んだリリシズムだ、と抽象的に云っておけば、無難かもわからない。この作品の発表された前後から、太宰君と中村地平との親交がはじまった。私のうちで二人が初対面のとき、「僕は、君を見たことがあるようだ」と太宰君が云い、「なんだ君か」と中村君が云った。教室でお互に顔だけは見覚えていたようである。まだそのころ、私は呼びなれているままに、太宰君を「津島君」と呼んでいた。「太宰治全集」附録に、中村君がこの初対面のときのことを、「太宰と私」という題で書いている。「『僕ははじめ君を左翼かと思っていた。本郷の通りでよく見かけたから。』とつけたして、私をあっけにとらせた。その青年が帝大仏文科の学生である津島修治、のちの太宰治であった」と書いている。この初対面の席で、見る見る二人は仲よくなって行き、傍で見ている私は「濃厚だなあ」と感心したのを覚えている。爾来、二人の交友が成立し、太宰君が甲州の御坂峠へ静養に出かけるまで、二人の交遊関係は、いわば非常に振幅の広いものであった。中村君の感想文にも「そのころ、太宰と私とは、まい日のように往き来し、まい日のように喧嘩していた。ほかの友人が呆れるくらい、喧嘩した。愚にもつかないことが原因で、『君はなんばい飯を食った！』そんなことを太宰が言いだす。それからの喧嘩なのである」と書いている。当時、二人はライバルだと云った第三者もいたが、そんなものでもなかったろうと私は思っている。二人とも六尺ちかい大男でありながら、坊ちゃん育ちで、お婆さん子のように気が弱く、口論などすると後までくよくよするたちである。なぜそんなに喧嘩していたか今だに私にはわからない。この二人の喧嘩は、酒の気がなくても毒舌の応酬を交わす点が珍らしかった。

中村君のほかに、そのころ太宰君と文学生活の上で親交のあったのは、伊馬鵜平・古谷綱武・檀一雄・山岸外史・今官一などである。彼等はお互に影響を受けあったに違いない。伊馬君や今君は別として、もともと、この人たちは無鉄砲なところがあった。その代りに、それを責め木にして文学専心へ自分を追い込むことに努めていたようである。そこに、この人たちの共通点もあったろう。それに今君をのぞけば、みんな酒飲みであった。当時の酒席における太宰君の一面は、檀君の「小説太宰治」に書いてある。中村君も以前、小説に書いた。「なんて小癪なことを云うやつだろう。もう二度と太宰には会わないのだ。しかし癪にはさわるが、才能のあるやつだ。」そう思って中村君が、憤然として立ち去る場面なども書いてあった。私はその小説の題を忘れたので、手紙で中村君に問い合せたところ、あの小説は恥ずかしい代物だから読まないでくれ、という意味の返事が来た。「海豹」の編輯を受持っていた古谷君も、このころの印象を書いている。『海豹』といえば、太宰治のいる雑誌というほど、太宰は仲間を抜いて光った。（中略）私は（『思い出』の）原稿のとどいてくるのを待ちかねてよみふけり、ひとがくると雑誌をひらいて朗読してきかせた。私はほんとうにすばらしいと思った。『海豹』は太宰の存在を注目させて、秋にはつぶれてしまった」と書いている。

「ロマネスク」

天沼一丁目にいるころ三島に出かけ、やはり竹郎親分のうちの裏二階で書いた作品である。太宰君のこの三島滞在中に、私は熱海で太宰君と落合わせ、共通の知人Kさんという女性といっしょに、三人連れで十国峠を越え、元箱根から三島に出た。元箱根から山路を下る途中、ところどころ農家の庭さきに、土を盛りあげて芋の苗床がつくられていた。「自叙伝全集太宰治」の年譜には、九年の「夏、伊豆三島に行ってロマネスクを書いた」となっている。しかし、十国峠の野桜が、まだ蕾もつけていなかったのを私は覚えている。芋の苗床がある上は、早春にちがいない。たぶん、早春から執筆にとりかかり、その間に二度か三度は東京にも帰って来たりして、夏になって三島で脱稿したものだろう。十国峠を通るとき、太宰君は、それより前にも一度、小山祐二といっしょにここに来たことがあると云っていた。そのときにはグライダーを滑走させる原っぱに行き、小山君が識ったかぶりでグライダーにまたがったりして機械をいじくった。そこを番人に見つけられ、脱兎のごとく逃げ出したそうである。それを太宰君は愉快そうに話したが、原っぱを逃げだして行くときには、笑いごとではなかったろう。ただし、太宰君はインバネスの翼をひるがえして、逃げ足だけは速いのである。

私たちは十国峠を素通りして、元箱根の関所址記念館で、昔の関所役人の使った捕物用の武器など見物した。関所を通る旅人の署名帳も見た。署名には、それぞれ生国を書き込んであった。そのなかに、大石内蔵助の名前が見つかると、太宰君は「や、これはどうも」と云って、帳面から顔を反けた。そうして、げらげらと笑った。この場合、大石内蔵助が有名でありすぎることが、太宰君を照れさせたのであろう。太宰君には、有名ということは、通俗で一種の嘘なのである。しかし、その署名帳を必ずしも贋物と思ったのではないだろう。富士山も有名でありすぎる。かつて富士山をまともに見て、照れくさい、と彼は云った。作品のなかにも、そういう意味のことを書いている。月並でありたくないということが、太宰君の美意識上の念願であるにしても、署名帳を見てげらげら笑ったりすることは、ちょっと遠慮してもらいたかった。案内役のKさんに対して、少しは気がねしてもらいたかった。当日、Kさんは張りきって古跡めぐりの案内をしてくれたのである。Kさんは、元箱根から先きは暫く膨れ面になって、ろくろく口もきかなくなった。三島の町に着くと、私たちは清冽な水流を持った川沿いに散歩して、川ばたの骨董屋の土間に、仏像がたくさん並んでいるのを見つけた。その土間の硝子戸はしまっていた。手をかけると、軽く明いた。土間にはいると、奥の小部屋で、四人か五人、中年者が車座になって、花札をひいているのが見えた。その人たちは、私たちを見ると、周章てて花札をかくした。「何か御用件ですか」と、ドテラをきている中年者が云った。「仏像を見せてもらいたいんです」と私が答えると、ドテラの男が「なに、仏像が見たいって。人のうちに、黙って這入りこむやつがあるか」と云いながら、座を立って来た。Kさんは土間の外に出た。ドテラの男は、上り框のところに仁王立ちになって、「なぜ、無断ではいった。失敬な野郎だ」と怒鳴った。私は怖くなって外に出た。太宰君は、もうどこかに身をかくしていた。実に素早いものである。私たちが幾ら呼んでも姿を見せなかった。仕様がないので、私とKさんはぶらぶら歩いて行き、大きな木の生え茂っている地域にはいった。公園かお宮らしい。私とKさんは、太宰君を捜すために木立のなかにはいって行った。すると太宰君が、いつの間にか私たちのうしろについて来ているのであった。たぶん骨董屋は、同好者と花札を引くのに、硝子戸の一箇所だけ錠をかけるのを忘れていたものだろう。Kさんは、太宰君の逃げ足の速いのに呆れ、それがきっかけで幾らかずつ機嫌をなおして行った。

私たちは人通りの多いところに引返し、太宰君の案内で古めかしい居酒屋に寄った。あの極老の爺さんが、赤い着物をきて赤い大黒頭巾を頭にのせ、酒の燗をつけていた。この爺さんは酒の燗をする天才だと太宰君が説明した。どのお燗の熱さも、寒暖計ではかって出したように、一定しているそうである。その酒はうまくなかった。この店で、太宰君は酒を飲みながら、「仙術太郎」や「喧嘩次郎兵衛」の腹案をKさんに話し、自分はそんな話を書いているのだと云った。それからまた、一節ごとに見出しをつけ、その見出しの冒頭の語音を、イロハ順にした作品を書くのだと云った。これが「懶惰の歌留多」のことであったかもしれないが、この作品には三光町時代の習作の一部も加えてあり、全集の年譜で見ると、これは昭和十四年三月号の「文芸」に発表となっている。昭和九年の春から五年後のことである。

「ロマネスク」の腹案も、まだ三光町にいるときに、太宰君からきかされたと保さんが云っていた。この作品は、昭和九年十二月、同人雑誌「青い花」に出た。この雑誌は創刊一号で潰れたが、発刊する前の太宰君の意気込みは大変であった。「東京八景」には、この雑誌は人にすすめられて出したと書いてあるが実際は太宰君自身が発起して、非常な意気込みで人を勧誘してまわったのである。私にも同人になれと云って来て、顧問または主宰という肩書を与えるから左袒してくれと云った。私が辞退すると、佐藤春夫氏のところにも勧誘に行ったそうである。一方、今君に、横光利一氏のところへ勧誘に行かせて断わられた。太宰君は中村地平も勧誘して、例によって、つまらぬ云い合いから喧嘩した。中村君は、『青い花』はいやだ。『白い花』とすれば同人になってやる」と云った。それで喧嘩になった。もしかしたら太宰君は、特に「ロマネスク」を発表したいために、「青い花」の発刊を企てたのかもわからない。雑誌を出す前の意気込みかたに、常でないものが見えていた。三島から力作一篇を持ち帰って、何か旗あげでもする前のような意気込みであった。

「ロマネスク」は、力作という点でも「思い出」に匹敵する。詩情が底光りを発している。これを逸早く見つけ、名作として「早稲田文学」誌上で絶讃したのが尾崎一雄であった。即ち、太宰君の作品を初めて文壇的に問題にした人は、尾崎君である。この尾崎一雄の批評文は、新人たちの間に相当な反響を呼びおこし、すでに「海豹」や「鷭」や「世紀」に載った太宰君の作品を、改めて読む人もいたそうである。後に、太宰君は「斜陽」を書き終った後、その小説のモデルのうちを下曽我に訪ねたとき、同じ下曽我にいる病床の尾崎一雄を訪ねた。尾崎君のうちは、家の造りが古めかしく出来ており、いまだに古風を保って長押に手槍や長刀などを掛けている。台所も広いので物音が反響し、奥さんが酒の肴をつくっている庖丁の音も、来客の耳にもきこえてくる。太宰君はこの音を耳にすると、仰臥している尾崎君の方に身を乗り出して「おい、鉢の木だね」と云って、尾崎を苦笑させた。その話を、私は尾崎君の見舞いに行ったときにきかされた。しかし尾崎君が後に「斜陽」のモデルからきいた話では、太宰君はモデルの人の家から帰るとき、はじめは尾崎君に見つかるのをおそれ、田圃の畦道づたいに下曽我の駅の方に歩いていたそうである。そんなにびくびくものでありながら、おそらく太宰君としては「死ぬる思い」で立ち寄って、打って変って「おい、鉢の木だね」と云っている。私は尾崎君からこの話をきいて、よく太宰君の生態を写し得た挿話だと思った。

「ロマネスク」を批評した当時の尾崎君は、浅見淵と共に山崎剛平の砂子屋書房を手伝っていた。太宰君の第一創作集「晩年」も、砂子屋書房で発行を引受けたが、初めその交渉に砂子屋へ行ったのは、檀一雄であった。「晩年」は太宰君の一種の遺書である。当人も慎重を期し、組み方、用紙、装幀などにも気をつかい、プルーストの訳本を砂子屋に持って行き、それを装幀見本にするように註文した。瀟洒《しょうしゃ》な美本である。その代りに、部数も制限して、印税も不用、広告費も自分で持つと著者自身に提案した。

この本の出るに先だって、太宰君は出版記念会に集まる予想の顔ぶれと人数とを北さんに告げ、その会における文壇人の風儀についても報告した。それによると、出版記念会の主賓たるものは、当日の会の費用を全部負担して、二次会の費用も主賓の負担とするのが慣わしである。ところが出版界のことなど何も識らない北さんは、それを真に受けて津軽の中畑さんに報告し、必要なものを取り寄せた。尚お、記念会に出席する主賓の着用する衣裳も津軽から取り寄せて、すぐにそれを質に持って行くように、太宰君は初代さんに云いつけた。当時、まだ太宰君たちは船橋に住んでいたが、天沼にいたときからの習慣で、荻窪の丸屋という店と取引きしていたので、初代さんは暑いさなかを荻窪に来た。いつも丸屋へ来たときの慣わしで初代さんは私のうちに寄り、まだ手を通さない麻の着物や夏羽織を、丸屋に入れて来た話をした。また、北さんに太宰君の云ったという出版記念会の風儀についても話した。

出版記念会は上野の精養軒で催された。太宰君は数日前またもや津軽から取寄せた卵色の麻の着物をきて、主賓席につき、その右隣りの席に佐藤さんがいた。盛会であった。司会は保田与重郎であったと私は覚えるが、記憶の確かなことに自信のある尾崎一雄の言によると、それは大変な間違いである。「帰去来」にこの日のことが書いてある。

「ダス・ゲマイネ」

昭和十年、世田ケ谷の経堂病院に入院中に書いた作品である。五月、六月、七月にかけて太宰君はこの病院にいたが、ここに入院する前には盲腸炎で阿佐ヶ谷の篠原外科に一箇月ばかり入院していた。発病の原因は、初代さんの説では、屋台店で夜ふかしをした結果だというのだが、そう云いきってしまっては、太宰君の発病で興奮しているとはいえ、少しヒステリックな感じも出る。篠原病院の医者の診断では、慢性のものが悪化したのである。その医者は、手術で切りとった盲腸を私に見せ、ピンセットにはさみ取って「この通り、だいぶ手おくれです」と云った。廊下を担荷で運ばれて行く太宰君は、私が「痛いか」ときいても、うつろな目をあけたまま何も答えなかった。ただ鼻の頭を、人さし指の腹で軽くこねまわしていた。この手癖は、太宰君が酔ったとき、または将棋の手を考えるときなどに、ときどきして見せる慣わしであった。鼻全体を、ぐるぐると、忙しなく指でこねまわすのである。医者は、更に驚いたと云って、「精神力の旺盛な人です。珍らしい患者です」と云っていた。「東京八景」には、このとき腹膜炎と胸部疾患を併発したと書いてある。私は二度か三度か見舞いに出かけたが、いつも面会謝絶で会えなかった。可成り重体であった。一箇月ばかり太宰君はその病院にいて、退院と同時に世田ヶ谷の経堂病院に入院した。太宰君の長兄にあたる津島文治氏が、ここの病院長と友人で、その関係から北さん・中畑さんが文治氏の意を受けて、太宰君の予後静養のために入院させたのである。中畑さんという人は津島家の先代から恩顧を受けた人であるが、仮りに私は津島家の津軽における番頭と呼んでいた。北さんも東京における番頭ではないが、仮りに私はそう呼んでいた。この二人は、太宰君に何か出来事があるたびに私のうちに来て、修治さん（太宰君の幼名）に、これこれしかじかのことを云ってくれと私に申し込むのであった。二人が直接太宰君に苦言を呈しても、二人の方がその場の理窟で云いまかされるので、私に代言を頼みに来るのである。私は出来るだけその役割りを避けようとしていたが、二人の云うのが尤ものことであるにしても、私の立場では太宰君に云いにくいことが多い。たとえば、太宰君の下宿に取り巻きが集まって来て、飲み食いしたり、連日にわたって泊り込んだりする。ときには津軽から送って来た衣類在中の小包を、太宰君の留守に開封して、無断でその着物をきて散歩していることもある。太宰君はその当時から、この種類の賓客をよく待遇した。当然のこと、生活費がかさばって、郷里から送って来る金では不足がちである。毎月の送金は、津島家の代人である中畑さんから北さんのところに送られて、北さんの手から太宰君に渡される習慣になっていた。さきに太宰君は、分家を云い渡されていたが、間もなく「道化の華」に書いてあるような事件を引き起し、郷里の新聞に大げさに書きたてられた。温厚な君子人である長兄は、世間に対して申しわけないと感じ、謹慎するという立場から、以後十年間、あらゆる公職名誉職につかない旨を発表した。実際に、そのときまで関係していた会社銀行から身を引いて、十年経過するまで衆議院の立候補なども思いとどまっていた。津軽における一大豪家の家風が見える。私が太宰君の長兄と初対面のとき、先ず最初にきかされたのは「舎弟の無軌道ぶりには、かねがね手を焼いておりました」という、咏嘆に近い言葉であった。そのとき、中村地平と檀一雄が私のそばにいて、彼等は口をそろえ、畏友津島修治の書く小説は、素晴らしいものだというようなことを口にした。この場合、それは何だか焼け石に水としか思われない讃辞のようであった。長兄としては、太宰君が不甲斐ない愚弟に見えていたかもしれぬ。旧家伝統の潔癖な気風では、愚弟に直接送金することも性に合わなかったのだろう。たぶんそんないきさつのためと思われるが、太宰君が上京してから六年ちかい年月にわたり、毎月の送金は、津島家から出るお金が、巡り巡って太宰君の手に渡されていた。そうして「晩年」が出て、太宰君が江古田の病院で中毒を消してから後は、津島家から出たお金を中畑さんから私のところに取次いで、それを太宰君に手渡すことになった。これは文治氏の思いつきによるもので、私は太宰君のため、いま暫く送金をつづけて下さいと願った手前もあって、その役目を引受けた。ただし、一箇月分の金を一度に受取ると、一度にみんなつかってしまうという太宰君の自己批判で、一日、十日、二十日の三度にわけて送って来ることになった。爾来、津軽の中畑さんから私のうち気附けで毎月三回ずつ書留手紙が来るようになった。ずいぶんの年月にわたって送りつづけて来た。太宰君が天沼の鎌滝という下宿に移ったころからはじまって、御坂峠にいたころから甲府にいたころを経て、それから結婚して三鷹へ定住してからも、まだ送ってよこした。実に根気のいいものであった。一度も到着の期日をおくれなかったが、鎌滝時代の太宰君は期日より二日も三日も早く私のうちに来て、「書留はまだですか」と家内にきくこともあった。家内が書留を手渡すと、太宰君はまだ生垣の外に出ない間に封を切り、その足で清水町の郵便局に寄る。受取った金で、賓客と飲みに行く。北さんは、それを無意味な濫費だと云っていた。ときどき、北さんは太宰君の下宿へ様子を見に行って、その足で私のうちに寄り、いつまでもあの状態では処置ないと私にまで責任があるような口をきいた。そうして、取巻きを煙ったがらせるため、私に太宰君の下宿へしげしげ行ってくれと北さんは云った。そんなことは私には出来かねる。一と口に取巻きといっても、職を失った元職工や、千葉の田舎から太宰君を頼って来ていた青年である。ほかにもう一人、太宰君が船橋にいるころ知った青年で、夏冬ともセルの着物にセルの袴をはいている人がいた。この人たちは、伊達や冗談で太宰君のところに来ているのでない。太宰君を尊敬して来ているのである。私は北さんに、そう云って逃げるのがおきまりで、そのつど北さんを当惑させていた。

送金は、私のところで昭和十一年十一月から取次ぎを引受けて以来、たぶん十七年から十八年ごろまでつづいたと思う。太宰君が旅に出ていると、その旅さきへ電報為替にして送る必要があった。この送金取次ぎの役目は、私の家内が引受けていた。やがて、太宰君は新進作家として認められ、昭和十五年の春ごろには、既刊の単行本が六冊か七冊かあった。新しい原稿も、次から次に書いていた。もうそのころは、太宰君の代りに美知子夫人が私のうちに為替を受取りに来て、ときには、長女園子さんを負ぶって来ることもあった。ある日のこと、津軽から中畑さんが私を訪ねて来て、「いかがなものでごわしょうな、修治さんに、為替を送るのは、今月限りにしてもよろしいでしょうか」と云った。「いや、そうでない。作家生活は、つらい。それに太宰君は、淋しがり屋だから」と私は答えた。中畑さんは、怪しいぞというように下から私を見て、「さっき、実は修治さんの三鷹のお宅へ、伺いました。なかなか、うまく行っているようでごわすな。もうよろしいでしょう、送らなくっても」と云った。「いやいや、そうでない。その代りに、もうこれからは、直接、太宰君に送った方がいいでしょう」と私は答えた。爾来、津軽から私のうち気附けに来る書留は途絶え、その後いつまで根気よく、太宰君に直接送金がつづいたか私の知るところでなかった。先日、美知子夫人にきくと、昭和二十年七月、甲府から津軽に再疎開するまで送金がつづけられた。そうして二十一年十一月、東京に転入するとき、長兄から一箇月分の金を渡されて、太宰君はきまり悪げにそれを返したそうである。

私は今年の晩春に、浅虫温泉で中畑さんに会ったとき、いっしょに宿のお湯にはいった。ひろびろとした浴槽であった。私は中畑さんに石鹸を借りて体を洗いながら、「普通のことで会ったのは、今度が初めてですね」と云った。中畑さんは「左様でごわすな。今までは、みんな修治さんのことで会ったのでしたな」と云った。お湯から出て夕食にしたが、その席に中畑さんの知りあいの人たちがいた。そのうちの背広の一人が、私に「太宰さんの『ダス・ゲマイネ』という小説の題は、東京では、どういう意味にとっていますか」と云った。独乙語で、あれは下品とか俗悪とかいう意味だと誰かにきいた、と私は答えた。背広の人は意外だというように「独乙語だったのですか」と云った。津軽の言葉では、ちょっと濁音のところだけ違うが、「だから駄目」または「だから厭や」という意味で、津軽弁では「ン・ダスケ・マイネ」というのだそうである。私は太宰君から一度もそんな説明をきかされたことがない。

さっき云ったように、太宰君は篠原外科退院後、すぐ入院した経堂病院で「ダス・ゲマイネ」を書きあげた。もうそのころは、篠原病院で受けた注射の副作用で、幾らか麻薬中毒の症状になっていた。即ち、この「ダス・ゲマイネ」は、中毒時代に書いた一連の作品の前駆をなすもので、しかし「道化の華」や「狂言の神」などと違い、架空から取材して、登場人物の性格、容貌、会話、ふとした挿話などを、実在から借りて来ているにすぎない。しかし叙述されある「私」という人物には、殆んど学校に出席しなかった大学時代の太宰君の片鱗を見ることが出来る。天沼にいたときの太宰君は、学校に行くように見せかけ制服制帽で家を出て、どこをどう歩きまわるのか、学校には行かないで放課時刻になると家に帰って来た。学校に籍を置くことは、津軽からの送金をつづけさせる有力な保証人にひとしいのである。卒業試験の直前に、太宰君は都新聞（いまの東京新聞）の入社試験を受けた。背広も素晴らしいのをつくった。このころの事情を「東京八景」には、こんな風に書いてある。「あくる年、三月、そろそろまた卒業の季節である。私は、某新聞社の入社試験を受けたりしていた。同居の知人にもHにも、私は近づく卒業にいそいそしているように見せ掛けたかった。新聞記者になって、一生平凡に暮すのだ、と云って一家を明るく笑わせていた。」その結果は「狂言の神」の主要題材にされている事件が起った。太宰君が家出したのである。

この突発事件をきいた私は、泡くって太宰君のうちに駈けつけた。やはり知らせをきいて中村地平や、檀一雄も駈けつけて来て、飛島定城氏を中心にして鳩首協議した。そこへ太宰君の親戚にあたる善四郎さんが来て、ちょっと捜索の鍵になりそうなことを云った。前日、太宰君は善四郎さんと、浅草の「ひさご」という小料理屋で飲んだあと、太宰君だけ東京駅に行くと云って自動車を拾った。その自動車が走り出すと、窓から太宰君が太い紐のようなものを出して、笑いながらそれを振りまわして見せたそうである。おそらく東京駅から汽車か電車に乗って、その紐で首をしめに近県へ出かけたのだろう、と私たちは解した。後日になってから、善四郎さんの云うには、太宰君は思いつめて何ごとかを決行する直前には、おきまりのように浅草の「ひさご」に行って飲んだそうである。「姥捨」にも描写されているが、やはり自殺に出かける前にこの店に行って飲む場面がある。久保田万太郎氏によく似たお客が来るのも事実だそうである。「狂言の神」によると、太宰君は浅草のこの店で、久保田さんに似た人と酔談を取りかわした後に、「あああ。今夜はじつに愉快であった。大川へはいろうか。線路へ飛び込もうか。薬品を用いようか」と捨て鉢に云っている。ところが天沼の飛島定城氏方に集まった人たちは、みんな太宰君の身を案じて協議をこらしていた。飛島氏がこのときぐらい意気銷《しょう》沈《ちん》していたのを私は見たことがない。檀君が「僕は、熱海だと思う」と云うと、飛島氏は「僕も、そう思う。すみませんが、捜しに行ってくれませんか」と云った。檀君は承知して、直ちに出発した。私は太宰君がまだ熱海か三浦三崎あたりを彷徨していることだろうと推定して、さっそく「太宰君に告げる」という題の短文を書き、そのころ東京日日新聞の学芸部長であった阿部真之助氏に掲載を依頼した。

「太宰君、よくよすることはないではないか。早く帰って来い。僕は君を捜そうにも、どこへ行ってよいか方角さえ見当がつかない。こんなことを云うと、君は照れくさくなって、却って帰りにくいと云うかもしれぬ。しかし照れるのも、時と場合による……。」

大体、そういう意味のものであるが、この短文は翌朝の東京日日の文芸欄に掲載された。その日、私は盲滅法に方角をきめ、三浦三崎に行って、警察に問い合せ、帰りに油壺に寄ってみた。私はそこの荒井城址の松林のなかを歩きまわりながら、川上眉山の遺作「ふところ日記」を思い出した。荒井城址のことを書いた箇所は文章が特に流麗である。「麦つくり菜つくるところを過ぎて松林に入れば、云々」と、季節まで符合するところがあった。しかし眉山の文章で「東京帝国大学用地の木標と、一文人の立てるあるのみ……」と描写されてあった辺りには、大学の臨海実験所が建っていて、水族館があり、一文人の眉山でなくて、人を捜す私がうろついていたわけである。海辺も見て歩いたが、黒い着物をきた中年の女が、腰まで海水のなかにはいって、海藻か貝か採っているだけであった。悲劇的な最後をとげた眉山の文章を思い出したことが、そもそも縁起でもないと思われた。

その翌日、飛島氏宅へ様子を見に行った。檀君も来て、熱海を捜しまわった話をした。

夜ふけていたのに熱海の消防夫が親切に協力してくれ、飛込み岬のところは焚火までして捜してくれたと云っていた。中村君は沈痛な顔をしていた。飛島氏も飛島夫人も初代さんも、同様であった。そこへ裏口から太宰君が帰って来て、その物音で出迎えに立って行った初代さんに連れられて、太宰君は悄然として部屋にはいって来た。首すじに薄く血のにじんでいるのが見えた。太宰君は鎌倉の山で死にそこねて来たと云った。深田久弥のうちを訪ね、ビールの御馳走になり、深田夫婦の仲のいいのを見て、死ぬ気が少しぐらついていたと云った。東京日日に出した私の短文は、家出中の太宰君が読んだか読まないか、のちのちまで私もきかないし、太宰君も云わなかった。

「東京八景」には、帰宅したときの場面をこう書いてある。

「ふらふら帰宅すると、見知らぬ不思議な世界が開かれていた。Hは、玄関で私の背筋をそっと撫でた。他の人も、よかった、よかったと云って、私を、いたわってくれた。」事実への変型は、ほんのわずかしかないのである。

さて、この事件の直後、さっき云ったように太宰君は盲腸炎になって、切開手術の予後、注射の悪癖を覚えるような羽目になった。この悪癖の影響で、当時の友人や編輯者たちから、太宰君は奇矯な人物だと見做されるようになった。薬品を買うお金を手に入れるために、四方八方かけずりまわり、呆然とした風で雑誌社に行き、ときには大声で泣いたりする。ひどく悄気込んだりする。人を睨むこともある。しかし、中毒していることは他人に厳しくかくしていた。これは、この症状の患者の通有性だそうである。太宰君は経堂病院を出ると、さきに云ったように転地療養の意味もあって船橋市本宿に一戸を持った。このころのことは「東京八景」に事実のままに書いてあるが、当時、中毒はすっかりなおったと云って巧みに私たちをだましていた。夏のころ、たまに船橋から私のうちに遊びに来て、将棋などさすときには、上布の着物を脱ぎすてて、大胡坐をかいた。勇ましく見え、病気とは思えない。パンツは、剣道着のように厚い木綿に刺子縫いを施したもので、白木綿に黒糸で縫いをしたものと、黒木綿に白糸で縫いをしたものと、来たときによって変っていた。あとになって初代さんからきかされたが、下腹部や股の注射のあとをかくすために、厚くて固い布を特に選んでいたそうである。こんなパンツをはいていると、痩せ細ってはいても、青年だけのことはあって水々しく見えた。しかし船橋の自宅からよこす太宰君の手紙には、いつも泣きごとばかり書いてあった。道を歩きながら、わんわん泣いたという手紙もある。大勢の人の見ている前で、泣き叫んだことが二度あったという手紙もある。稟質ゆたかな作家でありながら必死となって原稿売込みに行き、ただ奇矯な人間だと思われて追い返されたのだ。そのころ私は、出雲橋際の「はせ川」という小料理屋で、いまは亡くなった一作家から、太宰君の作品に痛罵を浴びせる言葉をきかされた。「あんな作品を支持するやつは、大ばかだ」とその人は極言した。その翌年、その作家は「二十世紀旗手」を読み、涙をながしたと云っていた。

私が太宰君の中毒について実相を知ったのは、昭和十一年十月七日であった。私の書きとめた「太宰治に関する日記」という備忘録のうち、「後日のためと題すべし」という章に、私は次のように記している。

「十月七日――

太宰治夫人初代さん来訪。太宰君がパビナール中毒にて一日に三十本乃至四十本注射する由、郷里の家兄津島文治氏に報告し至急入院させたき意向なりと云う。太宰の注射回数は多量のときは五十数本にも及ぶ由、一回に一本にては反応なく、すくなくも一回四五本注射の必要ありと云う。今日までその事実を秘密にせし所以は解し難しと小生反問す。初代さん答えて曰く、太宰はもう二三日待て、もう二三日待て、俺のからだの始末は俺がするとて今日に及び、この始末なりと。小生、入院の件に賛成す。」（以下、略）

この備忘録には、入院前後の事情が書いてある。なぜ私がこんな余計なことをしたかというに、さきに私が中畑さん・北さんから太宰君のことで責任を持たされていた故である。この事情はすでに私の随筆で、再度にわたって発表し、さきにもおぼろげながら書いている。詳しいことはここでは略す。

十月七日に初代さんは、北さんに電話をかけ、中畑さんに電報をうった。十二日には、北さん、中畑さん、初代さんが私の家に来て、太宰を如何になだめすかして入院させるか、その方法について相談した。しかし格別の智慧も浮かばないままに船橋の太宰君のうちに行った。私は太宰君と将棋をさしたり文学を語ったりして、とうとう入院のことは云い出しかねて太宰君のうちに泊った。翌日、朝飯をたべていると、中畑さんと北さんが来て、目顔で「もう、あのこと云ったか」と私にきいた。私は「まだ云わぬ」と目で答えた。中畑さんは眉宇に決意の色をみせ「修治さん、お頼みしますが、入院したらどうです」と云った。太宰君は見る見る顔色を変え、「入院どころか、急いで小説を書かなくてはいかんのだ」と云った。文芸春秋の原稿三十枚、稿料も前借してあるので、急いで書く必要がある。その原稿を書いたら、富士見高原の療養所へ行くつもりだと云った。かれこれ二時間ばかり押し問答の末に、太宰君は不意に立って隣りの部屋へ行って泣き出した。初代さんも太宰君のところに行き、いっしょに泣きだした。北さんと中畑さんは、無言のまま、うなだれていた。私は太宰君が泣き止むのを待って、「どうか入院してくれ、頼む。これが一生に一度の願いだ。それが厭やなら、診察だけでも受けてくれ」と云った。このときのことを、太宰君は「Human Lost」に書いている。文学を止すか止さないか、そのいずれか一つを選ぶ瀬戸際だと私は云った。太宰君は頷いて、無言のまま毛布を抱え取ると、玄関の方に出て行った。垣根のところに、北さんたちの乗って来た自動車が待っていた。みんなも、その車に乗り込んで、雨のなかを江古田の東京武蔵野病院に行った。途中、中畑さんは日蓮宗のお寺の前を通るたびに、帽子をとって、山門に向かい丁寧に頭を下げた。この津軽の番頭は日蓮宗の厚い信者であった。修治さんがどうぞ無事入院してくれますようにと拝んだのか、あるいは信心の現われだけであったのか、私にはわからない。

太宰君は院長の診察を受け、絶対入院の必要ありと診断され、入院申込書にサインして爪印を捺した。私も保証人として名前を書き、爪印を捺した。病室に太宰君ひとり残して私たちは引きとって来たが、残酷なことをしたような気持が圧倒的で、酒でも飲もうと新宿の樽平で北さんと飲んだ。しかし入院させなければ死んでしまう。院長は、枯れた黍《きび》がらのようになるのですと云っていた。

太宰君が入院して二日目に、病院長から北さんへ電話をかけて来た。患者太宰治は自殺のおそれがある。監禁室に移し、看視人をつける必要がある。故に、諒解してくれという電話である。北さんがそれを知らせに来てくれた。入院六日目に、中毒が次第に薄らいで全快保証すると院長が診断した。面会は絶対禁止になっていたが、どんな風に工作したものか、私宛ての太宰君の手紙を初代さんが持って来てくれた。乱暴な字で、えたいの知れないような文章だが、全体から来る感じでは、太宰を入院させるようにたくらんだ発頭人は、北さんであると見做していることが察しられた。「銅貨の復讐だ」という言葉もあった。この言葉は、やはり「Human Lost」の第十九日目の章に入れてある。「銅貨の復讐」ということの意味が、今だに私にはわからない。後日になっても、私は太宰君にその意味をたずねなかった。

入院十五日目に、初代さんが太宰君宛てに来た手紙を二つ持って相談に来た。新潮社と改造社から来た手紙で、いずれも新年号に載せる太宰君の小説を依頼して来たものである。新潮社依頼の原稿は、太宰君が十一月十二日に退院してから書いた。荻窪のアパートに三日いて、天沼衛生病院裏手の大工さんの二階八畳間に移り、十二月上旬、熱海に転地するまでの短かい期間に書いた。これが「新潮」の四月号に載った新作の「Human Lost」で、入院中の生々しい記録である。改造社依頼の原稿も送った。これは翌年「改造」の一月号に載った「二十世紀旗手」で、文芸春秋社に持ち込んであった原稿に手を入れたものである。いずれも好評であった。

「道化の華」

昭和九年の十二月、太宰君は、中村地平、山岸外史などと同人雑誌「青い花」を創刊してこれが創刊号で潰れ、その翌月創刊された同人雑誌「日本浪曼派」に合流した。同人は、中谷孝雄、北村謙次郎、芳賀檀、三浦常夫、伊藤佐喜雄、緑川貢、田中克己、緒方隆士、保田与重郎、塩月赳などである。「道化の華」はこの「日本浪曼派」の五月号に出た。

この作品は、六年前に太宰君が大学に入って間もなく生じた事件を書いたもので、篇中の人物はそれぞれ実在のモデルによって書いてある。眼蓋に傷痕のある看護婦も実在の女性である。葉蔵の友人で飛驒という彫刻家は、太宰君と中学の同級生であった阿部合成画伯である。葉蔵の親戚で三つ年下の小菅という法科学生は、太宰君の親戚で三つ年下の学生であった小館保さんである。「二人のおとなを登場させたばかりに硬ばって来た。」その邪魔ものになる「おとな」の実名は、いつも邪魔ものにされていた中畑さんであり北さんである。保さんは、あの作品に書いてあることは事実あの通りであったと云っている。むしろ、それ以上にふざけたもので、看護婦に窓から外を監視させ、トランプどころか麻雀をした。刑事が来ると看護婦の合図で周章てて麻雀道具をかくし、太宰君はベッドへ横になって苦しそうに顔をしかめ、刑事がはいって来るのを待っている。保さん自身、そう云っていた。しかし「おとな」である邪魔ものの北さんは、「あのときほどなさけなかったことはありません」と云った。葉蔵の自殺幇助の疑いを解くために、警察にお百度を踏み、検事の呼び出しを受けたりして、こま鼠のように走りまわり散々なものであったと云っていた。

太宰君はこの「道化の華」を発表した翌年に、これと「狂言の神」と「虚構の春」とを並べ、三部作として「虚構の彷徨」という題を得た。「晩年」が出版されて三箇月目ごろ、私によこした手紙にその題名を得た事情を窺うことが出来る。中毒症状の極度に悪化していたころと思われるが、一読して当時における欲求の焦点がよくわかるので、その手紙の一部をここに抜き書きする。

(前略) ことしの内に私の単行本、もう一冊出したく、どうかお世話下さい。砂子屋書房の山崎剛平氏、ならびに清澄の先輩浅見さんにおねがいして、きっと出していただけます様子でございますけれども (中略) 竹村書房でも、なんでも、かまいませぬ。あながち豪華版でなくても私、一向、意にかけませぬ。佐藤先生の、おつけになられた題の三部作、

「虚構の彷徨」

道化の華　一〇〇枚

狂言の神　四〇枚

架空の春　一六〇枚

以上、三部曲三百枚、ことにも架空の春（一六〇）は、全部書き直し、ほとんど書き下しの態でございます。そうして附録として、「ダス・ゲマイネ」六〇枚、添えようと考えました。（中略）軽い散歩外出の、ゆかたがけのお気持で、装幀して下さい。切願。佐藤先生に序をかいてもらいます。「二十世紀旗手」というかなしきロマンス書き了えて昨日（昭和十一年九月——何日であるか封筒の消印不明）文芸春秋へ持ち込み、千葉静一氏におたのみいたしました。自信ある作品ゆえ、（中略）お顔を汚すこと全くございませぬ。どうか、よろしくお力添え下さいまし。（中略）ともすれば、デスペラへ崩れたがる私を、叱って、そうして力づけて、希望をもたせて、卑屈にしないで下さい。修治九拝。

この手紙を見て、私は大きな度忘れしていたことに気がついた。太宰君は、三部作に「虚構の彷徨」という題を佐藤さんにつけてもらう以前から、佐藤春夫氏を小石川関口町の宅に訪ねていた。はじめ私が田中貢太郎氏から紹介状を貰い、太宰君を佐藤さんのところに連れて行ったのである。田中さんが紹介状を書くとき、幼名「津島修治」の、島という字は、山偏があるのか無いのかと太宰君にきくと、太宰君は「どっちでもいいのです」と云った。すると田中さんは「山偏のあるのと無いのは、字がちがうのだ」と云って太宰君を恐縮させた。その紹介状を持って私たちは佐藤さんを訪問して、爾来、数年にわたって太宰君は、よく佐藤さんの宅に伺っていた。（大先輩として佐藤さんに師事していたのである。その後、太宰君が先輩として敬愛していたのは、豊島与志雄氏であった。豊島氏の太宰君に対する理解も並々でない。『太宰治全集』各巻の解説を見れば、よくそのことが頷ける）佐藤さんも太宰君の才筆を高く買って居られた。私も太宰君同道で何回となく佐藤さんの宅に伺った。昭和十年九月、第一回芥川賞銓衡委員会のとき、佐藤さんは「道化の華」を選び滝井孝作氏と川端氏は「逆行」を選んだ。結果は次点となり、他の受賞候補者であった外村繁、高見順、衣巻省三と同様に、太宰君も「文芸春秋」十月号のために作品を書くように註文を受け、「ダス・ゲマイネ」を文芸春秋社に届けた。たぶん昭和十一年九月上旬ごろのことだろう。しかし九月九日には、さっき私の引用した太宰君の手紙によると、引きつづいて「二十世紀旗手」を文芸春秋編輯の千葉静一氏のところに持ち込んでいる。薬品を手に入れるために四苦八苦していたことがよくわかる。無論、奇矯な人間だと取り沙汰されていた最中だが、九月十一日附の太宰君の手紙を左に引用して、当時の太宰君の焦燥を窺うことにしたい。

○おそろしきは

○幸福は一夜おくれて来る。

おだてに乗らぬ男。
飾らぬ女。
雨の巷。

○私の悪いことは、「現状よりも誇張して悲鳴をあげる」と、或る人、申しました。苦悩、高いほど尊い、など間違いと存じます。私、着飾ることはございましたが、現状の悲惨誇張して、どうのこうの、そんなものじゃないと思います。プライドのために仕事をしたことございませぬ。誰か、ひとり、幸福にしてあげたくて。
○私、世の中を、いや四五の仲間を、にぎやかに派手にするために、しし食ったふりをして、そうして、しし食ったむくい、苛烈のむくい受けています。食わない、ししのために。
○五年、十年後、死後のことも思い、一言、意識しながらの、いつわり申したこと、ございませぬ。
○ドンキホーテ。ふまれても、蹴られても、どこかに、小さい、ささやかな痩せた「青い鳥」いると、信じて、どうしても、傷ついた理想、捨てられませぬ。
○小説かきたくて、うずうずしていながら註文ない、およそ信じられぬ現実。「裏の裏」などの註文まさしく慈雨の思い。（註——朝日新聞に書いた随筆）かいて、幾度となく、むだ足、そうして、原稿つきかえされた。

○ひと一人、みとめられることの大事業なるを思い、今宵、千万の思い、黙して、

（中略）臥します。

○昨夜、私、上京中に、わがや泥棒はいりました。ぶどう酒一本ぬすんだきりで、それも、そのぶどう酒、半分のこして帰ったとか、きょう、どろの足跡、親密の思いで眺めています。

○十月入院、たいてい確定して、医師は二年なら、全快保証するとのこと、私、その医者の言を信じています。

○信じて下さい。

○自殺して、「それくらいのことだったら、なんとか、ちょっと耳うちしてくれたら」という、あの、残念、のこしたくなく、その、ちょっと耳打ちの言葉。このごろの私の言葉、すべてそのつもりなのでございます。

当時の、いま一つの手紙を抜萃する。

（前略）からだを損じて寝ています。けれども死にたくございませぬ。未だ、ちっとも仕事らしいもの残さず、四十歳ごろから辛うじて、どうにか、恥かしからぬもの書き得る気持で、切実、四十まで生きたく存じます。タバコやめました。注射、

きれいにやめました。酒もやめました。ウソでございません。生き伸びるために、誠実、赤手、全裸。不義理の債金ございますが、（中略）死なずに生きて行くために。友人すべて許してくれることと存じます。（後略）

（註――ところが数日後の手紙には、死ぬつもりで千葉の海岸へ行ったが引返したというようなことが書いてある。わんわん泣いて、ビールを飲み、昼寝をして目がさめたら、夜の二時であったと書いてある。注射を止したといぅのも嘘であった。次に、いま一つ手紙を抜萃する。）

（前略）なおるかどうか「なおらぬ」といぅのは、「死ぬ」と同義語です。いのち惜しからねども、私、いい作家だったのになあ、と思います。今年十一月までの命、いい腕、けさも、つくづくわが手を見つめました。（中略）私、死にます。目のまえで腹掻き切って見せなければ、人々、私の誠実、信じない。（中略）誰も遊んでくれない。人らしいつき合いがない。半狂人のあつかい。二十八歳、私に、どんないいことがあったろう。了ねん尼（この名、正確でない）わが顔に焼ごて、あてて、梅干づらになって、やっと世の中から、ゆるされた。了然尼様が罪は――ただ――美貌。（中略）自分でいぅのも、おかしく、けれども「私、ちいさい頃から、できすぎた子でした。一切の不幸は、そこから。」（中略）私の「作品」又は「行動」わざと恥かしいバカなこと撰んでして来ました。小説でもかかなければ仕様がない境地へ押しこめる為に。……

さて、こんな風にだらだら書いて行くと、解説の頁が嵩張りすぎて書物の体裁を損じる怖れがある。尚お私は、太宰君が三鷹に世帯を持ってから後は、なるべくその生活に立入らないようにして来たので、それ以降の作品解説は美知子夫人の手記に頼ることにしたい。太宰君を最もよく識っている人の書いた正しい記録を残したい。そういう建前で、私は再三懇請して美知子夫人からその手記を得た。

「雌について」

この作品は、山岸外史の言によると、ある日の山岸君と太宰君との対話を写したものだそうである。しかし、対話の相手は誰であっても作品の価値に変りない。作家が、AとBの対話を文章に写す場合、Aだけの言葉を書くわけにいかないのは云うまでもない。この作品において、会話の「やりとり」の鮮やかな点とうてい中毒症状悪化のときに書いたものとは思われない。太宰秀才の面目躍如たるものがある。だが、中毒していた船橋時代に書いた作品だろう。昭和十一年五月号の「若草」に出た。

「喝采」

昭和十一年十月号の「若草」に出た。前掲の「雌について」を執筆したころよりも、さらに症状悪化したときに書いた作品だろう。モデルの中村地平には相すまぬが、友愛の情と皮肉の目の五分五分で、当時の中村君の動静に活写を試みている。今度、私は久しぶりにこの作品を読みなおし、なぜ二人は会えばすぐに喧嘩したか、判じものを解くような気持を味わった。解けぬままに、読みながら失笑をもらした。しかし中村君自身の文章には、「貴族趣味を標榜してはいたが、根は地方育ちである太宰は、彼が自己嫌悪をかんじている田舎者の野暮天を、私に露骨にみせるのがやりきれなかったであろうし、私としては彼のそんなすこし異常な神経が煩わしく、それからの反撥や喧嘩なのであった」と書いてある。

「姥捨」

昭和十三年「新潮」九月号に発表。書いたのは、天沼の鎌滝という下宿屋にいたころである。太宰君は、西陽のさしこむ二階の部屋にいた。その部屋には、机一つと、電気スタンドと、万年床があるだけで、いつ行っても二三人の客がいた。昼間でも寝床にはいっている客もあった。初代さんと別れるとき、世帯道具の一さいを彼女に提供し、家具類いっさい無くなったのである。床の間に置く仏像も押入れに引込めて、荒涼の感じを徹底させようとしている悲痛なる意中が察しられた。前年、十二年の春、この「姥捨」に書いてあるような事件が起ったので、「東京八景」に書いてあるような結果に立ち至った。私はこれらの事件に関する覚書を保存しているが、今ここにその文を引用する意志もその必要も感じない。すでに「姥捨」が正確に事件の真相を告げている。

私は鎌滝時代における太宰君について、随筆「鎌滝のころ」という題で詳しく書いて発表した。それをくりかえして書く気にはなれそうもないが、そこの下宿生活は、とても太宰君には耐えきれるものとは思われなかった。その年の八月から九月にかけ、御坂峠の茶店に行っていた私は、太宰君から「たいへん痩せました。(中略)仕事以外にございません。(仕事で来い)よりほかに、生きかたございませぬ……」という手紙を受取った。私は太宰君に、御坂峠へ逃げて来て書くように手紙を出した。漸く私の逗留四十日目に、太宰君は鎌滝の下宿生活を切りあげて、行李や机は荻窪の私のうちに置き、小さな包み一つ持って御坂峠に来た。単衣の着物に角帯をしめていた。「よく来た」と私は云った。ここは標高一千三百米である。空気も清澄である。誰に煩わされることもない。私は太宰君がそこに落ちつくのを見さだめた後、太宰君の結婚見合いに立ちあってから、東京に帰って来た。太宰君はその峠の茶店に八十日ばかり逗留して、旧稿を整理したり長篇を書いたりした。それらの原稿のうち、百枚のもの一篇を某雑誌社に送ったが、受取った人が紛失させた。その原稿の題名も私にはわからない。太宰君が御坂峠の茶店から甲府市竪町寿館に移って匆々に、私宛てに手紙でこんな風に云ってよこした。生まじめな本性が、太宰君に潜在しているのを窺うに足る手紙である。

拝啓。雑誌社で私の原稿百枚を紛失いたし只今も八方捜査の模様で、その責任者からも、誠心誠意のわびの手紙も来て居りますし、私はあきらめようと思っています。災難は、いたしかたございません。あまり外部に知れると、その責任者も、くるしい立場になるだろうと思いますし、私は、このこと誰にも云わぬつもりで居ます。御内密にねがい上げます。（中略）責任者も日夜、心をくだいて警視庁にまでたのんだそうですが、どうやら絶望らしく思われます。その責任者にも（中略）私の心のままを、きれいにあきらめていることを、そのまま言って、なぐさめてあげました。（中略）とにかく百五十枚は（註――竹村書房へ送るため）すぐそろいましたが、あとの百枚は、なかなか送ってもらえず、案じておりましたところ、右のような事情判明したのです。（後略）

尚お「姥捨」は、太宰君の最後の自殺未遂事件を取扱った作品であるが、何回もの未遂事件を概括して云えば、回を追うごとに事件が暗い感じになっている。

「富嶽百景」

昭和十四年「文体」一月号と二月号に分載。たぶん、前半だけ甲府の寿館で書いて文体社へ送り、それから東京の私のうちで結婚式をすませ、甲府市御崎町五六に世帯を持った、という順序になるだろう。故に、以後の解説には、美知子夫人の手記を借用する。

御崎町の太宰君の家は、八畳間と四畳半の古い家で、八畳間の一隅に、古びた炉ぶちを嵌めた囲炉裡がきってあった。環境は場末という感じだが、私が訪問した時の観察によると、夫婦仲は円満のようであった。先日、私は久しぶりに御坂峠頂上の茶屋に行き、その前々日に八十五歳で亡くなったお爺さんのおくやみを述べ、あるじやおかみさんと太宰君の思い出を語りあった。満月の夜で夜鷹が啼いていた。おかみさんは、太宰君がこの茶店に来たのは昭和十三年九月九日頃で、出発して行ったのが十二月十五日だと云った。「太宰さんは毎日原稿を書いて、為替が来ると、きっと元彦と澄江をつれ、バスで河口村の郵便局へ行って来たじゃ」と云った。「ここを帰るときには、六日も七日も前から寒いと云い出して、寒いから下山する、と云って帰ったじゃ。結婚するから下山するというのが、気恥かしいずらよ」と云った。あるじに、「『富嶽百景』を読みましたか」ときくと「しかし、富士山を書くのは、絵でも難しいそうです」と云った。読んでいないのだろう。

さて、美知子夫人の手記は、次のように二重括弧をつけて（以下同断）掲載させてもらうことにする。

《「富嶽百景」から「皮膚と心」までの四篇は、昭和十四年の一月から夏にかけて、甲府御崎町の家で書きました。けれど、「富嶽百景」の前半の二十枚は、すでに前年のおわりに書いていて、「文体」の一月号に載って、送ってまいりましたのを、御崎町の新居に落付いて間もなく、二人で見ました。

「富嶽百景」の書きはじめ「富士の頂角云々」は、私の父、石原初太郎の著書から、そのまま、盗用してあるので驚きました。太宰は、「おやじなら文句は言えまい」と云っておりました。さてずっと後、ラジオの話の泉に、これをまた盗用して出題した人があって、太宰は面白がって、随筆に書くと申していましたが、実現しないでしまいました。

三ツ峠で「井伏氏は、濃い霧の底、岩に腰をおろし、ゆっくり煙草をすいながら、放屁なされた」という一条は、氏の御抗議が出まして、問題になりました。治は、「たしかにこの耳できいた」と言いはっていましたが、もし、太宰の作り話であったとしたら、申訳ないことでございます。

さて、御崎町で、まっ先に書きましたのは、「続富嶽百景」でございます。「口述するから、書いてくれ、大いに助かる」と申し、机を中にはさんで、始めました。それは、忘れもせぬ「ことさらに月見草を選んだわけは、……」のくだりからでございます。すこし、急いで書けるくらいに申しますのを、書いてまいりました。ふだんは、ふざけてばかりいますのに、仕事に向うと、打って変ったおもちで、こわいようでございました。それから、「トンネルの冷い地下水を、頰に、首すじに――」のところまで、書き進みましたとき、「もういい、自分で書く」といって、口述を止めました。それから又、「甲府から帰ってくると」から、口述いたしまして、書き終りました。

尚、ずっとあとで、妹が読んで「あら、あの愚問（富士に雪が降っていますか）を発したのは、私よ」と、抗議いたしました。あれは、昭和十三年九月十八日の夕刻でした。私と妹と二人、太宰を、バスの出るところまで見送ったのですが、私には、全然そのときの会話の記憶がなく、太宰も、妹の抗議に対し、黙っておりました。きっと二人とも我を忘れていたのでございましょう。私にとりましては、あの質問のことは冤罪らしゅうございます。》

「愛と美について」

（これは、二三の旧稿に手を入れたもの（秋風記、花燭）と一しょに、書下し短篇集として、竹村書房から、十四年の五月に出して頂いたものの一篇です。やはり書いたのは、十四年の一、二月ごろと思います。

この当時は、朝も割合早く、午過ぎまで机に向い、三時頃、近くの喜久の湯に行き、四時頃から、湯豆腐で飲み始めるといった日課でございまして、来客に煩わされることも少く生活の心配もあまり無く、安らかな日々で、酔うと、義太夫をうなり出したり、変にからんで私を泣かせたり、勝手気儘に飲んで、九時頃つぶれて大鼾で寐てしまうのでした。唐突に、高木博士が出てまいりますが、これは、数学専攻の私の弟の本から失敬したもので、他にもこの例はございます。高木先生の名文にも感嘆しておりました。）

「畜犬談」

昭和十四年八月「文学者」に発表。

「皮膚と心」

昭和十四年十月号「文学界」に発表。

した。

「俗天使」

昭和十五年一月「新潮」に発表。

(十四年の九月に三鷹町下連雀の畠の中の新築の借家に移りまして、その秋、これを書きました。訪客が多くなったりして、もう御崎町時代のようにのんびりいかなくなりました。

九月一日、引越の日に、一人の訪客がございました。洋画家でクリスチャンのHさんです。その月から最も頻繁に三鷹へ訪ねてこられました。いつも御愛蔵の画集を携えてこられまして、お蔭様で太宰は居乍ら、古代近世の名画を鑑賞することが出来たのでございます。「俗天使」中の聖母子の神品も、その中の一枚でございます。又、金太郎の山姥のエロティックは、太宰ごのみなのでございまして、「たまらない」と太宰は何度も云っていました。のちに「残菊物語」という映画を観まして、その森赫子扮する乳母にも惹かれている様子でございました。けれど、こんな事は私のひがめかもしれませず「俗天使」という作品と何の関係も無いことでしょう。それから鳥獣合戦の歌、云云。これも太宰の頭に、ちゃんとしくまれていた会話でございまして、私はしらないことです。「私と家の者」の会話は、ほかのも大ていそうでございます。)

附記——三鷹に移ってからの太宰君は、亀井勝一郎の自宅が近かったせいもあるが、覚えている。

両君の親交はこのころから深まって行き、太宰君は暇さえあれば亀井君のところに出かけていた。この交友は太宰君が甲府に疎開するまで続いたが、ことに戦争が苛烈になってからは、蔵書家の亀井君の書棚を太宰君は「亀井文庫」と愛称して、古典の書類を次から次に借りて行って読んでいた。素晴らしい読書力だと亀井君が驚いていたのを私は覚えている。

津軽から東京に転入して以後の太宰君は、新聞社、雑誌社の記者から原稿執筆をせきたてられ、ゆっくり家に落ちつく日もなかったろう。仕事部屋に出かけても、そこにも記者が詰めかけて来る。散歩に出ても、あとをついて来る。友人と道で出逢っても、ろくに話をすることも出来なかったろう。そのせいか、彼は甲府に疎開する前までの旧友と全然つきあわなくなった。戦前と戦後と、彼の交友の対象が一変した。戦前、健康であった一ところは、毎月例会の「阿佐ヶ谷会」当日など、夕方になるのが待ちきれず、お昼ごろから私のうちの前を行ったり来たりしていることもあった。私を誘いに来るのでもなく、ただ気持があせって歩きまわっているだけであった。このように、以前の太宰君は人なつこい気質を見せていた。それが最後に一変して、「阿佐ヶ谷会」の幹事が会合の通知をしても返事もよこさなくなった。おそらくその一面の理由は、いま私の口にしたくないある対象に向けるギャラントリイのため、それによって生じた胸中の煩悶から、旧友たちに対して旧知の煩わしさを覚えるように内訌を来たしていた結果だろう。「阿佐ヶ谷会」の他の会員たちのうちで、戦後の太宰君と道で立ちばなし一つでもした人は殆んどないだろう。以前は、明朗濶達、好漢太宰治といった感じの一面もあっただけに、私たちは「阿佐ヶ谷会」のたびごとに太宰君の欠席を不可思議だと云っていた。ただし「阿佐ヶ谷会」は、以前は将棋と飲食の会を兼ねていた。当時の来会者の名前を棋力順に云ってみると、安成二郎、古谷綱武、浜野修、上林暁、木山捷平、井伏鱒二、浅見淵、太宰治、小田嶽夫、田畑修一郎、亀井勝一郎、山岸外史、中村地平、塩月赳、青柳瑞穂、外村繁、その他であった。このうちで青柳君と外村君は、将棋が出来ないので記録係をつとめ、尚お勝敗のついた後で、外村君が一席の講評を試みることもあった。将棋が出来ないのに講評するところに特色があった。

「老《アルト》・ハイデルベルヒ」

昭和十五年三月「婦人画報」に発表。

「古典風」

昭和十五年六月「知性」に発表。

「東京八景」

昭和十六年一月「文学界」に発表。

〈「東京八景」を書きますときは、異常ないきごみでしたから、よく憶えています。昭和十五年の七月三日、太宰は、東京地図を携えて、伊豆の湯ヶ野へ出かけ、十日ほど、仕事に打ちこむ。十日過ぎに電報を打つから、お金を持って迎えにこいということで、結婚後、こうしたことは、始めてで、何か他の場合と違うものを感じさせられました。十二日に電報が着きまして、すぐ私は出発いたしました。伊東から、下田行きのバスに乗換えて、三時間もかかり、随分遠いので、心細うございました。川を渡って、左側の福田屋という宿に着いたのは、もうたそがれ頃でございます。この宿の様子は「貪婪移」という随筆にも書いております。全く見どころのない土地で、窓外は低い夏山、それも中腹までは野菜畑、うす汚い室で太宰は迎えてくれました。そのとき、その室の襖の絵、樹に鶯、めん鶏とひよこといった月並なものでしたが、その鶯が、一枝に鈴なり式に描いてあるのが面白いから数えて御覧などと冗談を申しておりましたが、仕事については、一言も申しませんでした。けれども鈍感な私にも容易な作品とは思われず、「東京八景」が「文学界」の翌年の正月号に載りましたときも、五月に、実業之日本社から同名の単行本として出ましたときも、私には何だかおそろしいようで、読むことが出来ませんでした。

さて、その帰りでございます。谷津温泉で、井伏様や亀井様と御一緒に、水害に遭いましたのは。昭和十五年の七月十三日のことでございます。》

附記――このころ太宰君は仕事にも油が乗り健康の点でも順調であった。酒もよく飲んでいた。家で執筆していても、誰か来客があると、奥さんがまだ取次がないうちに、すばやく玄関に出て「散歩に出よう」と、来客の先きに立って外に出る。すたすた歩いて路の曲りかどまで行くと、そこからはゆっくり歩いて飲み屋に行く。しかし飲み屋では絶対もてなかった。当時、しげしげ太宰君を訪ねていた若い人たちは、みんな一様にそう云っている。当時、すでに田中英光、小山清、宇留野光一、戸石泰一、高梨和夫、堤重久、佐々木宏影、その他まだ数名の人たちが、太宰君に師事していた。

「服装について」

昭和十六年二月「文芸春秋」所載。

「水仙」

昭和十七年五月「改造」発表。

「小さいアルバム」

昭和十七年七月「新潮」所載。

「故郷、帰去来」

昭和十八年一月「新潮」、十七年十一月「季刊八雲」発表。

《太宰の一周忌も近づいた或る日、北さんが、ブラリとやってきて、現実問題から、次第に修治を中心とする懐旧談にさかのぼってゆきました。私と、太宰とは、昭和十三年以来に過ぎませんが、北さんにとっては、井伏氏と御同様、二十年近くの感慨があるわけで、泣いたり、笑ったり、思わず何時間かを過しました。

結婚式のとき、北さんは酔って嬉しさのあまり、それまでの太宰を、さんざん、やっつけたのでした。結婚式、すなわち、みなの厄介者を嫁に負わせることの出来た祝宴といったふうに――。太宰はそれをうらんでいました。又、私にもあの日の、井伏さん、北さん、中畑さんらの仰しゃったことは、極めて印象的でございました。けれども、それ以後、北さんの口から、昨年のさわぎにいたるまで、一度も、太宰のために、迷惑を蒙ったとか、恩着せがましいこととかは、聞きませんでした。北さんは言いました。「自分が、修治さんの一生に、まあ尽してやったと云えることは、お母さんのなくなるまえに、貴女たちを、金木へ連れていって逢わせたことだろう。あれは一生一代の功徳であったと思う」と。あのとき、北さんと、中畑さんは、長兄に無断で事を計ったのです。しかし勘当息子の妻子という、私たちの役も、あまりいゝものではなく、私には苦痛な旅でありました。それでは、促されるままに帰郷した当の立役者の太宰の真意は如何でしたでしょう。あとで、私にこのように表現いたしました。「北さん、中畑さんのことは、『故郷』と『帰去来』に、うんとよく書いておいたから、それでいいのだよ」と。》

「不審庵」

昭和十八年十月「文芸世紀」発表。

《「黄村物」の一つ「不審庵」は、十八年の夏ごろ書きました。その年の春、甲府で、珍妙な茶会を致しました。母が亭主で、ひとりまじめでございましたが、客になった、太宰も私も妹も、お菓子やお酒がめあての、至って不謹慎な客で、げらげら笑ってばかり居て、めちゃめちゃな茶会になりました。その会のあと、母が「千家秘伝、茶の湯客の心得」という古色蒼然たる明治十七年版の珍本と、萩焼の茶碗と、棗と、佐藤一斎先生の軸を贈ってくれました。一斎の軸は、わり合に太宰も好きで、始終、三鷹の家に懸けておりました。》

「裸川」

昭和十九年一月「新潮」発表。

「裸川」は「諸国噺」諸篇のうち、代表作として選んだ。太宰君はこの「諸国噺」を最初の書き出し四五枚まで書いたとき空襲に遭い、三鷹から甲府市水門町の奥さんの生家に疎開した。奥さんたちは先きに疎開して、太宰君は小山清君と三鷹に同居していた。空襲のとき、隣りの家に爆弾が落ち庭石が飛んで来て、素掘りの防空壕に逃げ込んでいた太宰君は腰をぬかした。這々の体で甲府に逃げて行ったと小山君が云っていた。


「竹青」

昭和二十年四月「文芸」に発表。


「カチカチ山」

昭和二十年十月発表。

《だんだん戦局が激しくなり、防空服装で、壕に出入りし乍ら、書きました。二十年のはじめ頃と思います。太宰の創作年表をみますと、戦争中にも少しも怠けていない、どころか、いつもいつも、たゆみなく書きつづけていたことが、生々しく、彼自身の手で記録されていまして、ほんとに頭が下ります。太宰が丁度、脂の乗ってきたとき、戦争の魔の手が次第に彼の身辺に迫ってきました。高射砲が打ち出されるたびに、私より子供より、太宰の方がビクッビクッと恐ろしがっていました。》

附記――昭和二十年七月六日の夜ふけ、甲府が爆撃を受け、翌日、まだ熱風の吹いている焼けあとの街で、私はひょっくり太宰君に逢った。津軽に再疎開するつもりだと太宰君は云った。私はその翌日、広島県の田舎に再疎開して、二年後に東京に帰ったが、もう殆んど太宰君に会う機会もなかった。したがって、甲府で別れて以降の、太宰君については殆んど何も知らないと云える。

「チャンス」

昭和二十一年四月「芸術」発表。

《金木では、新座敷とよばれている離れをあてがわれて、終戦後は、各社からの註文も大へん多くなり、環境もよく、仕事に精出しておりました。金木ではさぞ辛かったろうと、多勢の方から、私は言われますが、この金木にいた一年三ヶ月間ほど、少くとも太宰の身上に関して、安心であった時代は無いので、事実、私は肥って帰京したのでした。いつも私以外に、太宰を見る人が、あるということは、私にとりましては、心強いことであり、太宰は家庭にあっては、三鷹の長屋暮しでも、甲府で焼出されて厄介になっていた人の家でも、生れた家での習慣、規律をそのまゝ、やってゆこうとするところがございましたので、金木では、それが、すっぽり当てはまるような安心があって、楽なのでございました。太宰はほんとに爪のさきまで、津軽の人でありました。太宰独特の習慣、このみと思っていたことが、金木で暮してみますと、津軽の風習であったり、あの家、あの一族に共通のこのみであったりして、謎のとけるような思いでございました。

さて、離れでは、六畳間に津軽塗の卓をすえ、蔵から出して灰を入れかえた帳場火鉢を傍において、毎日々々よく勉強していました。あの頃の姿を思いますと、帰京して、わずか、一年半で、あのようなことになった、戦後の東京の恐しさに慄然といたします。》

「薄明」

昭和二十一年十一月発表。

《「薄明」以後「トカトントン」までの短篇は金木で書きました。》

「親友交歓」

昭和二十一年十二月「新潮」に発表。


「トカトントン」

昭和二十二年一月「群像」に発表。

《二十一年の秋頃、帰京を控えて、金木で書きました。金木で書いた最後の作品ではないかと思います。東京に帰ってから、M市居住のHという方が訪ねてこられたとき、あの人の手紙からヒントを得て、「トカトントン」を書いたのだと私に語りました。》

「ヴィヨンの妻」

昭和二十二年三月「展望」に発表。

《「ヴィヨンの妻」を、「晩年」と並び立つ、太宰の傑作である、二つの塔のように、高くそびえている、太宰自身の描写が確立し、作品自体、申申夭夭の姿である、と井伏さんが仰しゃいます。この作品が、どういう風に、太宰の胸中で、育くまれていったのか、勿論、私には判りません。書いたのは、金木から、再び、三鷹の家に帰って間もなく、二十一年の暮から、翌年の正月にかけて書きましたが、その当時から、相当自信は強く、原稿のままで、田中英光さんや、小山清さんによませていました。

ヴィヨンの詩は、以前の作「乞食学生」にも、引用していますが、金木に居るころも、ヴィヨンの大遺言書を読んでいました。「これをよんでごらん」といって冒頭の一詩を私に示し、又、他のもう一つの詩を、一緒に読んで、語り合った夕もございました。十三年の秋、結婚前に、私は、彼にフランソワ・ヴィヨンにたとえた詩のような拙いものを捧げたことがございました。太宰は、「ヴィヨンの妻に」と題した本を送ってくれました。けれどもこんな事は、気障らしく、二人の間でその後語り合った事も無く、まして、この作品と何の関係もないことでございましょう。》

附記――小山清君の言。「『ヴィヨンの妻』第二章の『その日は、クリスマスの、……』以下、第二章の終りまで、太宰さんの口述を私が筆記しました。太宰さんは、ときどき一ぷくされる以外は、すらすらと口述されました。」

「桜桃」

昭和二十三年一月「世界」に発表。

《「桜桃」を書きましたのは、二十二年の十二月ごろでございます。秋ごろから、何度も何度も岩波雄二郎氏が三鷹まで催促にお見えになりました。桜桃は皮がお腹にわるいからと申しまして、太宰はきらいで、子供たちにも食べさせないようにしていました。三鷹の家で、茶の間にしていましたのは、三畳間で、それにタンス二つと茶ブ台が置いてあり、幼い子供が三人もまつわりついて、夏には西陽がさしこむのでは、太宰ならずとも、ゆっくりお酒は飲めなかったでしょう。》

附記――太宰君は東京に転入してから数箇月して、三鷹駅前の仕舞屋の二階に仕事部屋を持った。その部屋は、某女という美容術師から提供されたもので、おそらく「桜桃」もこの部屋で執筆されたのだろう。しかし、絶筆「グッド・バイ」の執筆にとりかかる直前に、朝日新聞学芸部某記者の斡旋で、太宰君は仕事部屋をその筋向うの「千種」という小料理屋の二階に移した。同時に某女も仮りにここに移って来て、太宰君の身のまわりの世話をする一方、他の新聞雑誌の記者に面会謝絶を告げる役割りもつとめていたそうである。

太宰君が亡くなってから後、「千種」のおかみさんの云った言葉。――「太宰先生は『グッド・バイ』をお書きになる前に、僕は、こんど書く小説の筋書き通り、今のような自分の生活をすっかり清算して、ほんとの家庭人になるのだと仰有っていました。ところが、あの女がそれをきくと急に気が荒くなって、太宰先生をここから一歩も外に出さないようにしました。先生がお宅に帰りたいと仰有ると、女が先生を威かしました。何とかという凄い薬を持っている、それを嚥んでやると云って、先生を威かすんです。先生のお亡くなりになる六日前から、もう一歩も外に出さなかったのです。先生は、お宅に帰りたくって帰りたくって、たまに階下に降りてらっしゃっても、立ったり坐ったりばかりしていらっしゃいました。先生はいいかたでしたけれど、ほんとに怖がりんぼでした。傍から見ていて、じれったいほどで御座いました。」

この作品がまだ雑誌に出る前に、「展望」発行所の筑摩書房主人、古田晁氏の言。「いま、このままの状態では、太宰さんの健康があぶない。お願いですが、太宰さんを御坂峠頂上の茶店へ、連れて行って下さいませんか。そうして、あんたは、太宰さんがそこに居つくように、一箇月ほど太宰さんといっしょに御坂峠にいて下さい。太宰さんには、一年ほどその山の宿で、静養してもらいたいのです。原稿なんか書かないで、真に静養だけしてもらいたいのです。私は月に三回ずつ、背負えるだけ物資を背負って太宰さんを訪ねます。なるべく早く、来週の終りごろにでも出発して下さい。私は、ちょっと郷里に帰って、今週の終りか来週匆々に帰って来ます。それまでに、出発の都合をつけておいて下さい。いいですか、では、お願いしましたよ。ゲンマン。」

ただし、古田晁が一週間ばかり郷里へ帰っている間に、太宰治は「不慮の死」をとげた。

最後に私は、私の手紙に対する太宰治の、ある一つの返事の冒頭をここに抜萃する。

○井伏さん曰く「ちかごろ、どんなことになっているのか伺います。」

○太宰、沈思黙考、暫くして顔をあげ、誠実こめて「ちかごろ、悲しきことになっております。」

あとがき

小沼　丹

この「あとがき」を書くに当って、改めて太宰治に就て書かれた井伏さんの文章を読返したが頗る面白かった。以前読んだときに劣らず、或はそれ以上に面白かったと云ってもいい。その結果、これには解説めいた文章は不要であり、寧ろ邪魔になるように思われたので、茲《ここ》には井伏さんのお許しを願って、僕の記憶に残る太宰治に就て記したいと思う。前に書いたことがあるので重複する所もあるが、その点御寛恕願いたい。

太宰さんとは井伏さんのお宅で逢って知っていたが、同席したことは三、四度ぐらいしか無かったから、格別親しい知合だった訳ではない。その頃井伏さんから、

——太宰の所にも遊びに行ったらいい。

と云われたが、何となく行きそびれたとでも云うのか、行かず仕舞であった。尤も、太宰さんの本は、砂子屋書房から出た大判の『晩年』を吉祥寺の古本屋で買ったのが最初だが、読んだら面白いので、それを手始めに『虚構の彷徨』とか『女生徒』とか、他

にもまだあったと思うが何冊か買って持っていて、かなりよく読んでいた方ではなかったかと思う。

その頃、と云うのは昭和十五年頃だが、僕はまだ学生でちょいちょい井伏さんのお宅へお邪魔していた。お邪魔すると井伏さんと将棋を指した。その頃は此方が尠《すこ》し強かった筈なのだが、終って見ると決って井伏さんが勝越している。理由は簡単で、井伏さんは勝越す迄は決して将棋を止めないのである。例えば三連勝して好い気分で、失礼します、なんて云って帰ろうとしたとしても井伏さんは決して帰さない。将棋を止めさせて呉れない。十番、二十番と指し続けて、勝越されると先生初めて莞爾として、

——ああ、愉快だったね、もう帰ってもいいよ。

とお許しが出るが、此方はその頃は大抵くたくたになっていて、精神朦朧としているのである。

初めて太宰さんに逢ったのも、井伏さんのお宅へ将棋を指しに伺った日のことで、この日の次第は案外記憶に残っているので先ずそのことから記したい。或る日、井伏さんのお宅へ伺って将棋を指していると、そこへ青柳（瑞穂）さんが訪ねて来た。その頃青柳さんには井伏さんの所で何遍も逢っているから、青柳さんもちょいちょい井伏さんのお宅へ遊びに来ていたのではないかと思う。青柳さんは詩人だが骨董の大家でもあって、

いつも井伏さんと骨董の話をしていた。井伏さんも随筆に書かれたが、青柳さんが新宿の夜店で、光琳の人物画を手に入れたと云うたいへんな掘出し物をした話も、確かその頃のことではなかったかしらん？　骨董談にも熱が入っていたことと思われる。

青柳さんが見えて、酒が出て御馳走になっていると、

——こうやってうちで飲んでいると、太宰が現れる筈なんだがね……。

と井伏さんが云った。ところがそれから暫くすると庭に下駄の音がして、事実、太宰さんが現れたのだからこれには驚いた。青柳さんも、

——へえ、驚いたね、本当に現れたじゃないか……。

と頻りに感心していた。

太宰さんは井伏さんの奥さんの、

——津島さんがお見えになりました。

と云う声に続いて、何だか恥かしそうな笑顔で座敷へ這入って来ると、畳に両手を突いて井伏さんに大きなお辞儀をした。それから、顔を上げるとき垂れた長い髪を片手で掻き上げた。その動作にはちょっと好い感じがあって、いまでも眼に浮ぶようである。

井伏さんが笑って、太宰君には不思議な嗅覚があって、うちで酒を飲んでいるとちゃんと嗅ぎつけて姿を現す、と云ったら太宰さんは、

——いやあ……。

と笑って髪を掻き上げたが、何だか嬉しそうな笑顔だったと思う。多分、このときは初めて見る『晩年』の作者を眼を丸くして視ていた筈だが、この日の太宰さんからは、作品とか噂から想像していた太宰治とは大分違って、礼儀正しく健康そうな人物、と云う印象を受けて意外に思った記憶がある。恐らく、この頃とこれに続く数年間は太宰さんの一番健康だった時期ではなかったかしらん？　そんな気がする。

太宰さんが来て座が賑かになったが、何しろ遠い昔のことだから、どんな話が出たか憶えていない。ただ一つ、太宰さんが「緩頬」に就て話したことは、いまでもはっきり記憶に残っている。太宰さんはこんなことを云った。

——先日、鷗外の或る作品を読んでいて、「緩頬」と云う単語を鷗外が用いているのを発見した。いい言葉だと思うので、今度小説を書くとき使おうと思っています。

井伏さんが、カンキョウ、とはどんな字を書くのかと訊くと、

——頬が緩む、と書きます。

と太宰さんが説明した。と思うが、或は、緩んだ頬、と云ったかもしれない。どう云うことかと云うと、何となく嬉しい気分のときとか愉しい気分のときには、顔が綻びると云う。緩頬もそれに似ていて、微笑に近いのだが微笑迄は行かない。その一歩手前ぐ

らいの所を云う。

——例えば田中貢太郎さんは井伏さんに逢われると、何となく嬉しそうな顔をなさる。つまり、あれが緩頬です。

この太宰さんの説明を聞いたら、「緩頬」の意味と云うか感じが洵《まこと》によく判る気がした。と云うのは、太宰さんがやって来たとき、奥さんは「津島さんがお見えになりました」と井伏さんに取次がれたと先刻書いたが、それを聞く井伏さんの顔がこの「緩頬」そのものだったからである。多分、この話がはっきり記憶に残っているのはこのせいではないかと思う。而《しか》もたいへんいい記憶として残っている。

これは余談だが、この后暫く経ってから、雑誌だったか単行本だったか、太宰さんの小説を読んでいたら、この「緩頬」が使ってあって、

——ははあ、出たな……。

と思って友人に話した記憶がある。その小説が判るといいが、生憎忘れてしまって想い出せない。

昭和十六年の十一月、井伏さんは徴用で南方へ行かれることになって、出発の日、東京駅へ見送りに行った。曇った寒い日だったのを憶えている。井伏さんの他にも高見順とか中村地平とか、徴用になった作家がいて、その見送人も来ていたが、何れも極く小

人数で淋しかった。盛大な見送りは禁じられていたのかもしれない。それから一ヶ月と経たない裡に、米国や英国を相手に大戦争が始るとは、尠くともそこにいた人間は誰一人知らなかったろう。

太宰さんは亀井（勝一郎）さんと一緒に、井伏さんの見送りに来ていた。井伏さんの書かれた「戦争初期の頃」を見ると、太宰さんは東京駅に「姿を見せなかった」とあるが、これは先生の記憶違いである。高見順が太宰さんを摑えて、

――われわれの留守の間に、君は一人で書き捲るんだろう。

と云う意味のことを云って太宰さんの肩を叩くと、太宰さんは、

――いやあ……。

と笑って頭を掻いていた。そんな姿を想い出す。それから、地平さんは帝大の帽子を被った学生と長い間、何か熱心に話合っていた。どう云うものか、そんなことも憶えている。井伏さんは釣にでも出掛けられるような恰好であったが、終始仏頂面で機嫌が悪かった。井伏さんの旅行好きは自他共に認める所だが、陸軍徴用の南方への旅行は余程気に食わなかったのではないかしらん？　時間が来て改札口に向う井伏さんに、どうぞ、お大事に、と云うと、うん、と点頭いてから低声で、

――嫌だね、こんなの。行くのは嫌だ。

と云われたのを憶えている。このとき東京駅で太宰さんとどんな話をしたか、とんと記憶に無い。

ちょっと横道に逸れるが、太宰さんの年譜を見ると、昭和十四年一月に井伏さん夫妻の媒酌で井伏家で結婚式を挙げた太宰さん夫妻は、暫く甲府に住んでから、その年の九月に三鷹に引越している。筑摩の『現代日本文学大系』の年譜には、「九月、甲府を引払い東京府下三鷹村下連雀一一三に移った。六畳、四畳半、三畳の三間で家賃は二十四円であった」とある。太宰さんは昭和二十三年六月玉川上水に入水する迄この家に住んだから、謂わばこれが終の栖《すみか》となった訳で、太宰さんの告別式もこの家で行われたのである。告別式には井伏さんのお供をして行ったが、それはまた別の話と云うことにしたい。

昭和十七年の秋だから、井伏さんはまだ南方のシンガポオル、当時の昭南島におられた頃だが、友人のことで太宰さんに逢う用事が出来て、この三鷹の家に太宰さんを訪ねたことがある。当時の下連雀の辺りは林と畑ばかりで、家を見附けるのは容易ではなかった。その頃、太宰さんは新進作家として有名だったが、それは狭い文学の世界のなかだけのことで、世間の人はちっとも知らない。人家があるから訊いてみても、

——そんなの、知らないね。

と云う返事で閉口した。

あちこち訊いて廻って、最后に畑のなかにクリイニング店があるのを見附けてそこで訊いてみると、名前は知らないが小説か何か書いているらしい人がいると云う話になって、やっと太宰さんの家の玄関に辿り着いた。この所は以前書いたことがあるので、失礼してその文章を拗し引用したい。

玄関の格子戸が開いていて、白い暖簾がゆれている向うに、窓際の机に向っている太宰さんの横顔が見えた。玄関の左手の壁に、仕事中につき御遠慮下さい、と半紙に書いて貼ってある。声を掛けちゃいけないかしらん、と思っていたら太宰さんが此方を向いて、やあ、と云った。

このときは太宰さんと打合せ済みだったから、遠慮せずに上って太宰さんと話をしたが、この貼紙がちょっと気になったのを憶えている。玄関に立つと、正面に仕事中の太宰さんの姿が否応無しに眼に入る。その后で客は横の壁の貼紙に気が附くと云う順序になるから、その場合、この貼紙にどの程度の効果があるものかしらん？　そんなことが気になったのである。

近頃は禁烟《きんえん》が流行るが、昔はみんな盛大に烟草《たばこ》を喫んだような気がする。井伏さんもそうであったが、太宰さんも例外では無かった。太宰さんの所では陶器の大きな筒が灰皿になっていて、それに烟草の吸殼が溢れるばかり山盛になっている。その上に更に吸殼を重ねて、太宰さんと暫く話をした。昔書いたものを見ると、窓の外にコスモスが咲いていたとあるが、その頃は武蔵野は到る所コスモスが群れ咲いていたのを想い出す。用事の話が片附いたから帰ろうとしたら、

——一緒に出よう。女房が留守だけど構わない。

と太宰さんが云って、一緒に家を出た。尤も、太宰さんの家を出て一町ばかり行ったら、買物にでも出掛けた帰りだったのだろう、乳母車に子供さんを乗せて押して来る奥さんに出会った。

このときは太宰さんに随いて新宿へ行ったが、太宰さんは確か焦茶色の徳利首のジャケツを着て、裾が窄まって留金の附いているスキイ用かと思われるズボンを穿き、それに下駄を突っ掛けていた。その恰好が気になったものか、太宰さんは、

——女房なんか亭主にこんな恰好させて置いて、平気なんだから遣切れない。

そんな意味のことを云った。或は、故意と云ったのかもしれない。前に井伏さんから、太宰治はなかなかお洒落だと聞いていたから、太宰さんのその言葉を聞いたら何だか可

笑しかった記憶がある。

新宿では太宰さんと何軒か酒場を廻ったと思うが、何となく憶えているのは最初に行った店と最后の店だけで、その中間はすっぽり抜けて全然記憶に無い。最初に行ったのは三越の裏手の酒場で、太宰さんの馴染の店かと思っていたが、一向にもてなかった所を見るとそうではなかったらしい。最后に行ったのは暗い裏通りにあった屋台店だが、この裏通りも靖国通りとか名前を替えて、歌舞伎町なんて云う新しい町も出来たのだから、新宿も変ったものだと思う。

酒場で太宰さんとどんな話をしたか、大半は忘れてしまったが、記憶に残っている話もあるので思い附く儘記したい。その頃、太宰さんは「花火」と云う短篇を発表した。読んだか？　と訊かれたので、まだ読んでいないと答えると、あれは気に入っている作品だから読んで欲しい。

——君も芸術家である以上、書出しと最后の数行を読んで呉れれば判る筈だ。

太宰さんはそんなことを云った。これは后で知ったが、この作品は戦后「日の出前」と改題されたそうである。

旧約聖書の人物の話も出て、太宰さんはモオゼを書きたいと云っていた。理由も聞いたがこれは忘れてしまった。アブサロムを喪ったダビデの悲しみは、「あれは鬼の眼に涙と云う奴だ」と云ったのも記憶にある。それから、新聞配達をしながら小説を書いている人が自分の所へ来るが、この人はいいものを書くと云う話をした。后で判ったが小山清のことで、小山さんとは太宰さんの歿后、井伏さんのお宅で逢って知合ったが、これはまた別の話である。

井伏さんの話が出たとき、太宰さんは「井伏さんは日本には珍しい秀れたストオリイ・テラアであって、その意味では、井伏さんは嫌がられるかもしれないが、芥川龍之介の系統を引いている」と云った。ダビデの鬼の眼に涙には些か納得し兼ねたが、この説には大いに賛成した憶えがある。太宰さんが亡くなってから想い出話をしていたときだったと思うが、井伏さんにこの話をしたら、井伏さんは眼をぱちくりさせて、

——怪訝しなことを云う奴だな……。

と云われた。もう一つ、想い出したから書いて置くが、いつだったか井伏さんのお宅で何人かで酒を飲んでいたとき、井伏さんが、

——こうやって飲んでいると、昔は決って太宰が現れたものだ……。

と云われたことがある。途端にみんなしいんとして耳を澄す恰好になったが、何だか庭に下駄の音が聞えるような気がしたのを想い出す。

芥川龍之介の話をしたとき、太宰さんはこんな意味のことを云った。

——芥川龍之介の自殺を、独身のとき、自分は無礼なことだと思っていた。妻子を残して勝手に死ぬとは無責任極まると思っていた。しかし、自分が結婚して子供も出来てみると、却って安心して死ねる気がして来た。芥川の自殺を肯定出来るような気がして来た。

新宿から終電車で帰るとき、太宰さんは躓《つまず》いて下駄の鼻緒を切った。僕の下駄を穿くように勧めたが一向に肯かないで、座席に坐ると、鼻緒を弄《いじ》くっていた。どう云うものか、その姿はいまも眼に浮ぶことがある。

太宰さんと酒場へ行ったのは、このとき一度しか無い。戦后は太宰さんに一度も逢わなかった。戦后は太宰さんは井伏さんのお宅にも、ちっとも姿を見せなかったようである。井伏さんも書かれているように、どう云うものか、旧い知合を敬遠していたらしい。二度ばかり、用事があって三鷹の太宰さんのお宅を訪ねたことがあるが、二度とも太宰さんは不在であった。后で、ああ、そうか、と思い当る節もあったが、そのときは何も知らない。入水を知ったときは、吃驚仰天した。

「おんなごころ」は心憎い作品だが、このなかに筑摩の石井君の話が出て来る。この話は太宰さんの遺骸が見附かった頃、井伏さんから聞いたことがある。井伏さんはこんなことを云われた。石井君の傍に寄ると、何だか変な匂いがするんだ。訊いてみると石井

君が、

――私が太宰先生を川から担ぎ上げたのです。

と云ったので、合点が行ったよ。石井君にも井伏さんのお宅で何遍も逢ったが、温和《おとな》しい静かな人であった。この石井君も疾《と》うに亡くなっていまはない。想い出すと、何だか淋しい。

太宰さんのこと（インタビュー）

井伏　節代（井伏鱒二夫人）
聞き手　齋藤　愼爾

――今年〔一九九八年〕は太宰治没後五十年になるそうです。そして井伏先生が亡くなられて四年半、今年は生誕百年にあたります。井伏先生は太宰の文学上の師であるばかりでなく、普段の生活においても、終生、変わらぬ理解と愛情ある態度で接しられたのでした。

井伏　太宰さんが亡くなられて五十年になりますか。美知子（津島美知子）さんも昨年、亡くなられましたね。私どもの媒酌で二人が結婚式を挙げたのが昭和十四年ですから、それから数えますと五十八年もの月日が過ぎ去ったことになります。

太宰さんは昭和二、三年、弘前高校に在学中から井伏に手紙を寄こしていましたが、実際に会ったのは東京帝大の学生になってからです。その後、昭和八年一月でしたか、今官一さんと訪ねてからは、疎開中は除いて、正月には必ずお出かけになるのが恒例となりました。玄関からでなく、決まって庭先の縁側（廊下口）から「ごめん下さい」といって上がってこられる。うちの子どもたちは「津島のおじちゃんが来た」とはしゃいだものです。

——当時、太宰さんは小山初代と同棲していたのでしたね。

井伏　初代さんは家出上京したのですが、これでは世間の納得が得られないと、太宰さんの長兄の文治さんが上京して、事の解決に奔走され、ひとまず初代さんには帰郷してもらったんです。そして昭和六年に再上京して二人は五反田に住まわれた。八年には杉並区天沼の飛島定城さん宅に引越してきました。飛島さんは太宰さんの同郷の先輩で、新聞社に勤めていました。裏手には徳川夢声さん、その右隣りには画家の津田青楓さんが住んでいました。

互いに家が近くなったということで、二人でよく遊びに来ました。太宰さんはいつもよれよれの紺の絣と羽織でしたね。洋服姿の太宰さんは見たことありません。紺がお気に入りでした。井伏ともっぱら将棋さし。来るとすぐ将棋盤を出しました。不思議なことですが、うちではお酒を飲んだことはなくて、飲むときはいつも井伏と外に出かけてでした。うちの息子の圭介と将棋をさしているのを井伏が写生して、『津島君と豚児圭介、ハサミ将棋をするの図』と題して新聞社主催の美術展に出品したこともあるんです。この絵の行方を探しているのですが、どこにあるものやら今だに見つからない。太宰さんからの手紙も、あちこちに貸し出しているうちに失くしてしまいましたね。

——初代さんって、どんな女性でしたか。

井伏　おとなしい素直な、そしてとても可愛らしい人でしたね。理屈をいったりする人ではなかった。随分と苦労したんです。井伏のことを「おとちゃん」と津軽弁で呼んでいました。私は初代さんが花柳界の方（芸妓）だとは知りませんでした。ただ襖を開けてお辞儀をする姿が、若いのにとてもお上手だと感心していました。

太宰さんの最初の創作集『晩年』が出版された時期、その頃は千葉県の船橋町に転居していましたが、太宰さんが腹膜炎の苦痛を鎮めるために使っていたパビナールを、退院後も使っていたので、パビナール中毒になってしまい、そのことでとても悩んでいました。

初代さんとうちにいらした時、太宰さんは落ち着かないんです。話にも身が入らない。つっと立ち上がってお手洗いに行かれた。そこでパビナールをうってたんですね。

船橋町のお宅には私も一度訪ね、一泊したことがあります。朝、庭先に職人風のおじさんがやって来て、シャベルで庭の土を掘り出しているような埋めているようなことをしているんです。何しているのかしらと見ると、ザラザラと音がして、空瓶やカプセルが砕かれているのが見えた。パビナールのカプセルだったんですね。注射の数は多いときで、一日に五十数本になるというんです。注射をうつのを初代さんも手伝わせられる。もう自分の力ではとてもやめさせることはできないので、井伏さんから入院するように説得してほしいと、初代さんが相談にみえた。それで井伏が説得役になり、武蔵野病院にとにかく入院させたんです。

入院中に新潮社と改造社から太宰さんに新年号のための小説の依頼があって、井伏は執筆に賛成したのですが、津島家の番頭で太宰さんの後見人でもあった北芳四郎さんは、中毒を根治するのが先決だと、大反対。井伏に命じられて私が初代さんの代理で、二つの出版社の編集者に電話をかけて事情を説明することにしました。初代さんは津軽弁を恥ずかしがって、どうしても電話をかけたがらないので、太宰さんの家内ということで私が電話したのでした。太宰さんは普段は標準語で話されるのですが、初代さんとは津軽弁でした。井伏も私も二人の話す津軽弁はちんぷんかんぷんでしたね。

退院した日（昭和十一年十一月）、二人が落ち着いて住める家をと、初代さんと一緒にアパート探しをしました。太宰さんになかなか気に入ってもらえなくて、木枯の吹く中を不動産屋に何度も足を運んだり、荻窪、阿佐ヶ谷の界隈を歩き回ったり。その間、太宰さんと井伏は将棋をさしながら悠々と構えているんです。ようやく天沼に大工さんの家の二階、八畳の貸間を見つけ、この家は太宰さんにも一目で気に入ってもらえました。

引越しをした夜、太宰さんと初代さんが改めて連れだって来て、「部屋が殺風景だから、何か飾るものがあったら貸してください」という。それで井伏が末広鉄腸の半折の軸と、伊部焼の花瓶を渡しました。どちらも貸したきりになりましたが……。

——奥さんは太宰さんとは質屋でよく顔を合わせることがあったそうですね。

井伏　荻窪にあった「まるや」という質屋で、この店は今も営業をしています。太宰さん、初代さんとはそこでしばしば鉢合わせをしました。太宰さんは衣裳道楽とでもいうのでしょうか、津軽から季節ごとに送られてくるから、着物は随分とお持ちになっていたんです。しかし、お金に困ると、みんな質入れする。自分の着物がなくなると、初代さんの分まで質草にする。

有名な話ですが、熱海の料理屋の主人が檀一雄さんと同道し、太宰さんの宿泊費の立替金を請求しに訪ねてきたときなど、初代さんは自分の麻の着物や夏羽織、正月用の着物まで全部質入れしたのですから。このときのことは今もよく覚えています。熱海にひとり残された檀さんが心配して駆けつけてみれば、太宰さんは暢気に将棋をさしているので、思わずカッとして怒鳴ったんです。太宰さんは悄気るし井伏はオロオロする始末で……。

井伏も質屋にはよく通いましたね。結婚前、約束の場所で待っていると、「ちょっと寄り道するから」と大きな包みを抱えている、蚊帳なんです。それしか質草がなかったらしいのです。

私は質草を流さないように、四箇月ごとに利息を入れに行きました。そんな時です、太宰さんに会うのは。太宰さんは何も手に持っていませんでしたから、あれは受け出しに来てたんでしょうね。質草では井伏が貰った名前入りの直木賞の時計、これだとこちらの希望する金額を貸してくれました。直木賞の功徳だと井伏は恬としてましたが……。

――それでも結局、太宰さんと初代さんは別れることになった……。

井伏　本当にかわいそうでした。初代さんが、あの「過失」をおかしたのは、太宰さんの入院中のことです。別れるとき（昭和十二年）、太宰さんは初代さんに身の回りの品から家財道具に至るまで全部残しました。それらは一時うちの物置部屋に預かり、家財類はお母さんのキミさんに送って、残りは初代さんが青森に帰るまでの間（ほぼ一箇月東京におりました）、少しずつ古具屋などで処分していきました。たいした金額にはならなかったようです。ただ火鉢と二升入りの米櫃、それに初代さんが嫁入りのときに持ってきた琴だけは、そのまま残したのです。琴はうちの七つになる娘が、いずれ琴を習う日が来るでしょうから、預けておくというんですね。

別れた後も太宰さんは、普段と変わらない様子で井伏と将棋をさすために訪ねてきました。そんなとき初代さんは、顔を合わせないように急いで茶の間か台所に隠れるのでした。初代さんは帰青までの一箇月の間、うちに一週間、残りの日々を叔父さんの家で過ごしたのでした。

この時期（昭和十二年七月六日付）の私宛の太宰さんの心情をうかがわせる手紙があります。

謹啓

このたびの事では、いろいろ御気持ちお騒がせ申し恐縮の念にて、身も、細る思いでございます。思うように小説も、うまくできず、おのれの才能を疑ったり、今が芸術の重大の岐路のようにも思われ、心をくだいて居ります。数日前より、京橋の吉沢さんのところで、小説を書いて居りますが、いろいろ、書き直したり、仲々すらすらすすみません。もう四五日、日数をかけて、しっかりしたものにしたいと念じて居ります。もっともっと、いいものを書いて、いままでの二、三作の不名誉を、雪ぎます。

私の愚を、お叱りにならないで下さい。

初代には、十日に来る三十円をみんなお渡し下さい。それを汽車賃として、帰省するなり、身のふりかたつけるよう、どうかそうおっしゃって下さい。青森へ帰ってからは、身持ちを大事として、しっかり、世の苦労と戦うよう、おっしゃって下さい。

私のほうの生活費は、どうにかなりますゆえ、そのほうは御心配下さいませぬよう、また、私も、くるしいけれど、なんとかして、堪えしのび、切り抜けてまいりますから、私のことは、御安心下さいませ。どうか井伏さんへ、呉々もよろしく御伝言とおわびのほど、お願い申し上げます。

修治拝

初代さんの琴は、初代さんが亡くなった後、生家を訪ねたおり、お母さんのキミさんから「初代の形見と思って貰って下さい」といわれました。後に、古川太郎という生田流の箏曲家にさしあげました。鳴る音を鑑定してもらうために、古川さんに来てもらったところ、その琴を奏しながら三好達治さんの「太郎をねむらせ太郎の屋根に雪ふりつむ」の詩を歌ってくれました。とても音色のいい琴でした。

初代さんは一時、北海道の室蘭に住みました。その頃、手紙が来まして「大学生から結婚を申し込まれた」というのです。ところが結局その話は実りませんでした。その学生の親が、初代さんの身元を調べたらしいのですね。私どもの家の写真も撮っていったらしい。太宰さんとの過去が先方の知るところとなったわけです。初代さんはその写真を突きつけられ、詰問されたようです。「もう結婚は駄目だと思った」と手紙に書いてきました。その後、青島に渡って、そこで亡くなられたようです。三十三歳だったそうです。

――太宰さんの結婚では井伏さん夫妻が媒酌をつとめられた。

井伏　そうです。昭和十四年一月のことで、太宰さんは石原美知子さんとうち（杉並区・清水町）で式を挙げました。出席したのは新婦のお姉さん夫婦（宇多子さんと山田貞一さん）、縁談の紹介の労をとられた斎藤文二郎さんの奥さん、それに番頭役の中畑慶吉さん、北芳四郎さんの五人というささやかな宴でした。料理は近所の魚与という魚屋からの取り寄せです。甲州の風儀ということで披露宴の前に「酒入れ」の儀式、仲人が先方に酒を持って行く。井伏がこの役をつとめました。

太宰さんは紋付羽織、仙台平の袴をはいて、終始、照れて、正面を向かずに横だけを見ていたのが印象的でしたね。挙式後、甲府市御崎町に新居を構え、新生の第一歩を始めたのでした。この時代、太宰さんがディック・ミネのヒット曲『人生の並木路』のメロディーで、抱巻を羽織って踊ったことを美知子さんが回想していますが、あんなはにかみ屋にそんな一面があるなんて、とびっくりしました。

――一緒に旅行されたことなどはありましたか。

井伏　昭和十三年の九月、御坂峠の天下茶屋で太宰さんとご一緒したことがあります。太宰さんとうち以外で会ったのはそのときだけ。最初、一週間位の予定ということで出発したのに、期限になっても井伏が帰って来ないので、原稿用紙も必要だろうと出かけたのでした。もっとも私は子育てに懸命でしたから、井伏がいない方が気が楽で、不在は気になりませんでした。だいたい山梨に行っているとになっているのに、編集者の方から「おととい銀座で井伏さんと会いましたよ」といわれても暢気にしていたんですから。

ところで石原美知子さんとお見合いをすることになったのも、この御坂峠に滞在したことがきっかけになっています。太宰さんは井伏の紹介で峠を下りた甲府の地、美知子さんの実家でお見合いをしました。その間、私はひとり茶屋に残って結果を待ちました。

御坂峠に太宰さんを誘ったのは井伏なんです。ここらで心機一転すべきだと……。太宰さんも鎌滝の下宿を引き払って思いを新たにする覚悟で来られた。ようやく取り巻き連から足を洗ったんだなと井伏は私にいい、二人してほっとしたのを覚えています。私たちと交替して、太宰さんは十一月中旬まで天下茶屋に残って、「火の鳥」を書き上げたのでした。

――奥さんは太宰さんの「取り巻き連」にはずっと批判的でしたね。

井伏　ええ、正直いって好きではありませんでした。周囲にあのような取り巻きの人々がいなかったら、太宰さんもあんな最後にならなかったと今も思っています。太宰さんの死にはみなさん責任があるのではないでしょうか。

太宰さんの鎌滝の下宿には、食客というのかしら、いつも二、三人の人が居候していました。昼間からお酒を飲んだり、トランプ遊びに明け暮れ、津軽から送られてくる太宰さんの小包を開封したり、無断で太宰さんの着物を着たりするのを見ています。文学青年やファンなんでしょうか。太宰さんはやさしい人だから、彼らに御飯の用意はするわ、泊っていくといわれても黙っている。入れかわり立ちかわり、いろんな人が来ていました。井伏は太宰さんがそのために、デカダンスの傾向を帯びていくのをとても心配していました。

いつだったか太宰さんが、そのうちの一人を連れてうちにみえたとき、その人は太宰さんの駱駝のインバネスを羽織っていました。太宰さんが寒さに震えているというのにです。私は黙って井伏のインバネスを太宰さんの背に羽織らせましたが、その人は知らんふりをしているのです。井伏は北芳四郎さんや中畑慶吉さんから居候を追い返す役目をいいつかっていたのですが、あのような性格ですから「他人の生活に立ち入るつもりはない」と何もいわないんですね。ただ後で知ったのですが、井伏は居候たちに、「君たちはこの家に下宿したのかね」と訊いたそうです。それが井伏の精一杯の言い方だったんじゃないかしら。

そうそう太宰さんはせっかちなところがありました。うちにもたいてい約束の時間より早く来るんです。ただ面白いのは、うちの前を行ったり来たりして入ろうとしない。そのくせ咳ばらいをして、自分が来ていることをそれとなく伝えようとするんですね。ある時期、津軽の文治さんから太宰さん宛の為替は、すべてうち気付で送られてきました。毎月一日、十日、二十日の三回に分けて送られてくる。そのつど受け取りに太宰さんがみえました。ときには期日の二、三日も前にやってきて、「為替きてませんか」と訊かれる。太宰さんが旅行中のときは、私が電報為替を組んで、旅行先の旅館気付で送金することになっていました。

井伏が「太宰君は不思議な嗅覚があって、うちで酒を飲んでいると、ちゃんと嗅ぎつけて姿を現わす」といったら、太宰さんは「いやあ」と照れくさそうに笑って、長い髪を片手でかきあげていました。

――戦争が終わってから昭和二十三年に亡くなるまでの、晩年の太宰さんの様子はいかがでしたか。

井伏　戦後は太宰さんは一度もうちに来ていません。山崎富栄さんのこともあり、何か避けていたようです。旧知の煩わしさも感じていたのでしょう。編集者の方もその女性のことを、井伏の耳に入れさせたくなかったらしく、「太宰君、どうしてますか」と訊いても、口を濁していました。

井伏が太宰さんの姿を最後に目にしたのは、青柳瑞穂さんの奥さまの葬儀でです。焼香して帰る太宰さんとすれ違った。井伏もすぐ焼香を終えて、あとを追ったのでしたが、もう姿が見えなかったそうです。「阿佐ヶ谷駅で山崎富栄と待ち合わせでもしていたんだろうな」と、井伏は残念がっていました。

井伏は太宰さんを本当にかわいがっていました。「もうあんな天才は出ない」と、その死をくやしがってもいました。「ぼく一人でも御坂峠に太宰君の文学碑をたてたい」と、お酒の席でいったそうです。こんなことを言う人ではないのです。それを伝え聞いた甲府市の新聞社の社長の野口二郎さんが、山梨県の人たちに呼びかけ、文学碑ができたのです。それが茶屋の前方の斜面にある「富士には月見草がよく似合う」の碑です。

太宰さんは井伏のために筑摩書房から井伏の選集九巻を出すことを決めてくれて、そのため全解説を執筆されることになっていました。それもその死により中断してしまいました。生前の太宰さんにはもうハラハラさせられることばかりで、それだけにせめて全巻の解説だけでも書き残してほしかったと思ったりするのです。

太宰さんの葬儀のとき、自分の子どもが死んでも泣かなかった井伏が、声を上げて泣いたことを河盛好蔵さんがお書きになっています。初めて泣いたのを見たと。また阿佐ケ谷の骨董屋で、みんなが太宰さんの話をしたら、井伏が泣き出し、骨董屋の主人もみんなも驚いたといいます。私にとって井伏を思うことは、太宰さんを思うことでもあります。

太宰さんが亡くなられ何年か後のことですが、小沼丹さんや三浦哲郎さんらみなさんが、うちで飲んでいて、井伏が「こうやって飲んでいると、昔は決まって太宰君が現れたものだ」といったところ、みなさんしんとしまして、そうしたら庭に下駄の音が聞こえるような気がしたものです。小沼さんも亡くなられました。

そうですか、太宰さんが亡くなられ五十年経ちましたか。そういわれても、私にはほんの昨日のことのように思われます。

（さいとうしんじ　俳人／編集者）

一九九八年四月六日、東京・荻窪、井伏宅にて

出所一覧

I

太宰治の死　『点滴』昭和二八・九　要書房（初出『文芸春秋』昭和二三・八　原題「太宰治のこと」）
亡友　『井伏鱒二全集一〇』昭和四〇・二　筑摩書房（初出『別冊風雪』昭和二三・一〇）
十年前頃　『井伏鱒二全集一〇』昭和四〇・二　筑摩書房（初出『群像』昭和二三・一一）
点滴　『井伏鱒二全集一〇』昭和四〇・二　筑摩書房（初出『素直』昭和二四・五）
おんなごころ　『井伏鱒二自選全集四』昭和六一・二〇（初出『小説新潮』昭和二四・一二）
太宰治のこと　『井伏鱒二全集一〇』昭和四〇・二　筑摩書房（初出『文学界』昭和二八・九　原題「太宰君のこと―彼はサブタイトルの好きな作家であった」）
太宰と料亭「おもだか屋」　『日本文学全集五四「太宰治集」』附録　昭和三四・九　新潮社
琴の記　『井伏鱒二自選全集九』昭和六一・六　新潮社（初出『週刊朝日別冊』昭和三五・三）
太宰治と文治さん　『井伏鱒二全集一四』昭和五〇・七　筑摩書房（初出『日本経済新聞』昭和四八・一一・六）

II

あの頃の太宰君　『太宰治全集一』月報　昭和三〇・一〇　筑摩書房
「ダス・ゲマイネの頃」　『太宰治全集二』月報　昭和三〇・一一　筑摩書房
御坂峠にいた頃のこと　『太宰治全集三』月報　昭和三〇・一二　筑摩書房
「懶惰の歌留多」について　『太宰治全集四』月報　昭和三一・一　筑摩書房
余談　『太宰治全集五』月報　昭和三一・二　筑摩書房
戦争初期の頃　『太宰治全集六』月報　昭和三一・三　筑摩書房
甲府にいた頃　『太宰治全集七』月報　昭和三一・四　筑摩書房
報告的雑記　『太宰治全集八』月報　昭和三一・五　筑摩書房
太宰君の仕事部屋　『太宰治全集九』月報　昭和三一・六　筑摩書房
御坂峠の碑　『井伏鱒二全集一〇』昭和四〇・二　筑摩書房（初出『文学界』昭和二八・一二
　原題「御坂の碑」）
蟹田の碑　『太宰治全集一二』月報　昭和三一・九　筑摩書房

III

あとがき　『富嶽百景・走れメロス』昭和三二・五　岩波文庫

解説　『太宰治集上』昭和二四・一〇　新潮社

本書（単行本、一九八九年筑摩書房）の編集にあたって、山内祥史氏の御協力を得ました。

『太宰治』一九八九年十一月　筑摩書房刊

一、本書は右の単行本を底本とし、「太宰さんのこと」（齋藤愼爾責任編集『太宰治・坂口安吾の世界』一九九八年、柏書房刊）を増補したものである。

一、底本中、明らかな誤植と思われる箇所は訂正した。また難読と思われる漢字に振り仮名を付した。

一、本文中に今日からみれば不適切と思われる表現があるが、作品の時代背景および著者が故人であることを考慮し底本のまま収録した。

中公文庫

太宰治《だざいおさむ》

2018年 7 月25日　初版発行
2022年 9 月30日　3 刷発行

著　者　井《い》伏《ぶせ》鱒《ます》二《じ》

発行者　安 部 順 一

発行所　中央公論新社
〒100-8152　東京都千代田区大手町 1-7-1
電話　販売　03-5299-1730　編集　03-5299-1890
URL https://www.chuko.co.jp/

DTP　平面惑星
印　刷　三晃印刷
製　本　小泉製本

Published by CHUOKORON-SHINSHA, INC.
Printed in Japan　ISBN978-4-12-206607-6 C1195

各書目の下段の数字はＩＳＢＮコードです。978－4－12が省略してあります。

中公文庫既刊より

い-38-3
珍品堂主人　増補新版
井伏鱒二
風変わりな品物を掘り出す骨董屋・珍品堂を中心に善意と奸計が織りなす人間模様を鮮やかに描く。関連エッセイを増補した決定版。〈巻末エッセイ〉白洲正子
206524-6

い-38-5
七つの街道
井伏鱒二
篠山街道、久慈街道……。古き時代の面影を残す街道を歩いて、史実や文献を辿りつつ、その今昔を風趣豊かに描いた紀行文集。〈巻末エッセイ〉三浦哲郎
206648-9

く-20-1
猫
クラフト・エヴィング商會
井伏鱒二／谷崎潤一郎他
猫と暮らし、猫を愛した作家たちが思い思いに綴った珠玉の短篇集が、半世紀ぶりに生まれかわる。ゆったり流れる時間のなかで、人と動物のふれあいが浮かび上がる、贅沢な一冊。
205228-4

あ-13-4
お早く御乗車ねがいます
阿川弘之
にせ車掌体験記、日米汽車くらべなど、日本のみならず世界中の鉄道に詳しい著者が昭和三三年に刊行した鉄道エッセイ集が初の文庫化。〈解説〉関川夏央
205537-7

あ-13-5
空旅・船旅・汽車の旅
阿川弘之
鉄道のみならず、自動車・飛行機・船と、乗り物全般に並々ならぬ好奇心を燃やす著者。高度成長期前夜の交通文化が生き生きとした筆致で甦る。〈解説〉関川夏央
206053-1

あ-13-8
完全版　南蛮阿房列車（上）
阿川弘之
北杜夫ら珍友・奇人を道連れに、異国の鉄道を乗りまくる。ユーモアと臨場感が満載の鉄道紀行。上巻は「欧州畸人特急」から「最終オリエント急行」までの十篇。
206519-2

あ-13-9
完全版　南蛮阿房列車（下）
阿川弘之
ただ汽車に乗るためだけに、世界の隅々まで出かけた紀行文学の名作。下巻は「カンガルー阿房列車」から「ピラミッド阿房列車」までの十篇。〈解説〉関川夏央
206520-8

う-9-4
御馳走帖
内田百閒《ひゃっけん》
朝はミルク、昼はもり蕎麦、夜は山海の珍味に舌鼓をうつ百閒先生の、窮乏時代から知友との会食まで食味の楽しみを綴った名随筆。〈解説〉平山三郎
202693-3

う-9-5
ノラや
内田百閒
ある日行方知れずになった野良猫の子ノラと居つきながらも病死したクルツ。二匹の愛猫にまつわる愛情と機知とに満ちた連作14篇。〈解説〉平山三郎
202784-8

う-9-6
一病息災
内田百閒
持病の発作に恐々としつつも医者の目を盗み麦酒をがぶがぶ……。ご存知百閒先生が、己の病、身体、健康について飄々と綴った随筆を集成したアンソロジー。
204220-9

う-9-10
阿呆の鳥飼
内田百閒
鶯の鳴き方が悪いと気に病み、漱石山房に文鳥を連れて行く……。『ノラや』の著者が小動物たちとの暮しを綴る掌篇集。〈解説〉角田光代
206258-0

う-9-11
大貧帳
内田百閒
お金はなくても腹の底はいつも福福である――質屋、借金、原稿料……飄然としたなかに笑いが滲みでる。百鬼園先生独特の諧謔に彩られた貧乏美学エッセイ。
206469-0

う-37-1
怠惰の美徳
梅崎春生
荻原魚雷 編
戦後派を代表する作家が、怠け者のまま如何に生きてきたかを綴った随筆と短篇小説を収録。真面目で変でおもしろい、ユーモア溢れる文庫オリジナル作品集。
206540-6

お-2-10
ゴルフ酒旅
大岡昇平
獅子文六、石原慎太郎ら文士とのゴルフ、一年におよぶ米欧旅行の見聞……。多忙な作家の執筆の合間には、いつも「ゴルフ、酒、旅」があった。〈解説〉宮田毬栄
206224-5

お-2-12
大岡昇平 歴史小説集成
大岡昇平
「挙兵」「吉村虎太郎」など長篇『天誅組』に連なる作品群ほか、「高杉晋作」「竜馬殺し」「将門記」など戦争小説としての歴史小説全10編。〈解説〉川村 湊
206352-5

各書目の下段の数字はISBNコードです。978 - 4 - 12が省略してあります。

お-2-11
ミンドロ島ふたたび
大岡昇平
自らの生と死との彷徨の跡。亡き戦友への追慕と鎮魂の情をこめて、詩情ゆたかに戦場の島を描く。『俘虜記』の舞台、ミンドロ、レイテへの旅。〈解説〉湯川豊
206272-6

お-2-13
レイテ戦記（一）
大岡昇平
太平洋戦争の天王山・レイテ島での死闘を再現した戦記文学の金字塔。巻末に講演「『レイテ戦記』の意図」を付す。毎日芸術賞受賞。〈解説〉大江健三郎
206576-5

お-2-14
レイテ戦記（二）
大岡昇平
リモン峠で戦った第一師団の歩兵は、日本の歴史自身と戦っていたのである——インタビュー「『レイテ戦記』を語る」を収録。〈解説〉加賀乙彦
206580-2

お-2-15
レイテ戦記（三）
大岡昇平
マッカーサー大将がレイテ戦終結を宣言後も、徹底抗戦を続ける日本軍。大西巨人との対談「戦争・文学・人間」を巻末に新収録。〈解説〉菅野昭正
206595-6

お-2-16
レイテ戦記（四）
大岡昇平
太平洋戦争最悪の戦場を鎮魂の祈りを込め描く著者渾身の巨篇。巻末に「連載後記」、エッセイ「『レイテ戦記』を直す」を新たに付す。〈解説〉加藤陽子
206610-6

か-2-3
ピカソはほんまに天才か　文学・映画・絵画…
開高健
ポスター、映画、コマーシャル・フィルム、そして絵画。開高健が一つの時代の類いまれな眼であったことを痛感させるエッセイ42篇。〈解説〉谷沢永一
201813-6

か-2-6
開高健の文学論
開高健
抽象論に陥ることなく、徹頭徹尾、作家と作品だけを見つめた文学批評。内外の古典、同時代の作品、そして自作について、縦横に語る文学論。〈解説〉谷沢永一
205328-1

か-2-7
小説家のメニュー
開高健
ベトナムの戦場でネズミを食い、ブリュッセルの郊外の食堂でチョコレートに驚愕。味の魔力に取り憑かれた作家による世界美味紀行。〈解説〉大岡玲
204251-3

く-2-2
浅草風土記 久保田万太郎

横町から横町へ、露地から露地へ。「雷門以北」「浅草の喰べもの」ほか、生粋の江戸っ子文人による詩趣豊かな浅草案内。〈巻末エッセイ〉戌井昭人

206433-1

さ-77-1
勝負師 将棋・囲碁作品集 坂口安吾

木村義雄、升田幸三、大山康晴、呉清源……、盤上の戦いに賭けた男たちを活写する。小説、観戦記、エッセイ、座談を初集成。〈巻末エッセイ〉沢木耕太郎

206574-1

た-34-4
漂蕩の自由 檀一雄

韓国から台湾へ。リスボンからパリへ。マラケシュで迷路をさまよい、ニューヨークの木賃宿で安酒を流し込む。「老ヒッピー」こと檀一雄による檀流放浪記。

204249-0

ふ-2-5
みちのくの人形たち 深沢七郎

お産が近づくと屏風を借りにくる村人たち、両腕のない仏さまと人形——奇習と宿業の中に生の暗闇を描いた表題作をはじめ七篇を収録。〈解説〉荒川洋治

205644-2

ふ-2-6
庶民烈伝 深沢七郎

周囲を気遣って本音は言わずにいる老婆（「おくま嘘歌」）、美しくも滑稽な四姉妹（「お燈明の姉妹」）ほか、烈しくも哀愁漂う庶民を描いた連作短篇集。〈解説〉蜂飼 耳

205745-6

ふ-2-7
楢山節考／東北の神武たち 深沢七郎初期短篇集 深沢七郎

「楢山節考」をはじめとする初期短篇のほか、伊藤整・武田泰淳・三島由紀夫による選評などを収録。文壇に衝撃をもって迎えられた当時の様子を再現する。〈解説〉小山田浩子

206010-4

ふ-2-8
言わなければよかったのに日記 深沢七郎

小説「楢山節考」でデビューした著者が、武田泰淳、正宗白鳥ら畏敬する作家との交流を綴る文壇日記。巻末に武田百合子との対談を付す。〈解説〉尾辻克彦

206443-0

よ-5-8
汽車旅の酒 吉田健一

旅をこよなく愛する文士が美酒と美食を求めて、金沢へ、そして各地へ。ユーモアに満ち、ダンディズムが光る汽車旅エッセイを初集成。〈解説〉長谷川郁夫

206080-7

各書目の下段の数字はＩＳＢＮコードです。978－4－12が省略してあります。

よ-5-9
わが人生処方
吉田健一
独特の人生観を綴った洒脱な文章から名篇「余生の文学」まで。大人の風格漂う人生と読書をめぐる随想集。吉田暁子・松浦寿輝対談を併録。文庫オリジナル。
206421-8

よ-5-10
舌鼓ところどころ／私の食物誌
吉田健一
グルマン吉田健一の名を広く知らしめた「舌鼓ところどころ」、全国各地の旨いものを紹介する「私の食物誌」。著者の二大食味随筆を一冊にした待望の決定版。
206409-6

よ-5-11
酒談義
吉田健一
少しばかり飲むというの程つまらないことはない——。飲み方から各種酒の味、思い出の酒場まで、ユーモラスに綴る究極の酒エッセイ集。文庫オリジナル。
206397-6

よ-5-12
父のこと
吉田健一
ワンマン宰相はワンマン親爺だったのか。長男である著者の吉田茂に関する全エッセイと父子対談「大磯清談」を併せた待望の一冊。吉田茂没後50年記念出版。
206453-9

ち-8-1
教科書名短篇　人間の情景
中央公論新社編
司馬遼太郎、山本周五郎から遠藤周作、吉村昭まで。人間の生き様を描いた歴史・時代小説を中心に中学教科書から厳選。感涙の12篇。文庫オリジナル。
206246-7

ち-8-2
教科書名短篇　少年時代
中央公論新社編
ヘッセ、永井龍男から山川方夫、三浦哲郎まで。少年期の苦く切ない記憶、淡い恋情を描いた佳篇を中学教科書から精選。珠玉の12篇。文庫オリジナル。
206247-4

ち-8-9
教科書名短篇　家族の時間
中央公論新社編
幸田文、向田邦子から庄野潤三、井上ひさしまで。かけがえのない人と時を描いた感動の16篇。中学教科書から精選する好評シリーズ第三弾。文庫オリジナル。
207060-8

ち-8-10
教科書名短篇　科学随筆集
中央公論新社編
寺田寅彦、中谷宇吉郎、湯川秀樹をはじめ、岡潔、矢野健太郎、福井謙一、日高敏隆七名の名随筆を精選。国語教科書の名文で知る科学の基本。文庫オリジナル。
207112-4